[일러두기]

1. "강원의 화인열전"은 전체 2권으로 구성되었습니다.

2. 제1권에서 소개한 작가는 아래와 같습니다.

그림에 붙
잡힌
사람들

강원의
화인열전
2

최삼경 지음

달아실

작가의 말

강원도와 인연을 두고 활동하는 예술가들을 인터뷰하자고 생각했던 것이 지난 2013년쯤의 봄이었습니다. 강원도에서 발행하는 웹진에 '강원의 명인'이란 코너를 만들어 여러 분야에서 열심히 한 길을 가는 사람들을 소개하여 조금이라도 응원하려는 마음에서 시작된 것이었는데 중간 중간 끊기도 했고 또 다른 분야의 분들도 소개를 하느라 지금처럼 서른아홉 분이 추려지기까지 꽤 오랜 세월이 흘렀고, 그중 열여덟 분을 먼저 책으로 묶고 나머지 분들을 이번 책의 주인공으로 모시게 됐습니다. 출판사에 원고를 맡길 때까지도 책의 제목에 대해 고민하였습니다. 인터뷰 작가들 선정에 이렇다 할 기준이 있을 수 없어 인연 따라 연결된 정도였기 때문에 여기에 실린 화가들만이 책의 제목처럼 '강원의 화인'이 아니기 때문입니다. 이 자리를 빌려 이 책에 실리지 않은 더 많은 화가 분들의 고절한 예술정신과 삶에 존경을 표하며 양해를 바라는 바입니다. 여기에 양해를 더할 것은 여성 화가가 턱없이 적다는 것입니다. 비교할 일은 아니지만 그 유명한 곰브리치의 『서양미술사』 초판에 여성 화가가 단 한 명도 없었다는 것을 상기해보아도 영 마뜩치 않은 일이라는 생각이 들었습니다. 또한 몇 년 인터뷰를 진행하며 인연이라는 것에 대해 생각해보았고, 어려운 처지에 있을수록 더 자신을 밝고 낙관적으로 대하는 사람들의 기쁨과 성취를 보았습니다. 말하자면, 자신의 삶을 개척하는 밝고 엄숙한 힘의 곡절을 조금은 알았다고나 할까요. 하여 그동안 인터뷰에 응해주신 모든 분들께 깊은 감사를 드립니다. 아울러 틈날 때마다 부탁드렸는데 흔쾌히 자신의 시간을 내어 사진을 찍어주신 사진가 이수환, 이주희, 백경미, 김남덕, 이주희, 남대현, 임동은 작가님들께도 깊은 감사를 드립니다.

처음 인터뷰를 시작할 때는 심심 건조했던 사무실에서의 해방이라는 사적인 즐거움에 내심 마음이 가벼웠지만, 인터뷰를 진행할수록 그렇게나 어려운 환경에서도 붓을 놓지 못하는 그네들의 삶에 조금은 마음이 무거워지기도 하였습니다. 시를 쓰는 사람들이 시마(詩魔)에 사로잡히듯 어쩌면 그네들도 화마(畵魔)에 포박되었을지 모릅니다. 그렇지만 일생을 어쩌지 못하는 무병 같은 화업이 또한 그들의 삶과 세계를 어려우나마 버티게 해주었는지 모르겠습니다. 등짐이 꼭 짐만이 아니라 길을 함께 가주는 반려의 힘을 주는 것처럼 말입니다. 어쨌거나 이 척박한 땅에서 예술을 하는 모든 분들께 다시 한 번 경의를 표합니다. 다만의 박수와 관심으로 그 길이 어찌 다 꽃밭이고 봄 길이 되겠습니까만 그저 허허한 마음이라도 담아 응원을 보냅니다. 두루 복 많이 받으시고 내내 건필하시길 바랍니다. 마지막으로 지금까지 허랑한 발길을 보아 준 아내와 두 아들에게도 사랑의 인사를 올립니다. 고맙습니다.

2021년 8월
춘천 봉의산 기슭, 수졸산방에서
최삼경 올림

차례

작가는 현재에
안주하지 않는 자들의
이름이다

강신영

강원도 양구 생. 춘천고, 강원대학교, 홍익대 교육대학원 졸업.
십 년 동안의 교직 생활을 마치고 전업 작가로 생활.
여주의 한적한 시골에서 금속으로 자연을 조각하며 살아가고 있음.

경기도 여주에 있는 강신영 작가(이하 강 작가)의 작업장은 흡사 공장 같다. H빔과 판넬로 높고도 넓게 지어진 작업장 안은 용접 도구와 연마 기계, 호이스트 등 각종 장비로 가득 차 있다. 88서울올림픽이 끝난 이듬해에 초임 미술교사 발령을 받고 이천에 와서 이곳 여주 석우리에 작업실을 마련했고 20년 이상을 지냈다고 한다. 수령 150년 넘은 느티나무 숲과 연못이 어우러진 주변 풍경이 마음에 들어 정착을 했다고 한다. 어릴 적 동구 밖에 있던 아름드리 서낭나무로 '시무나무'가 있었는데 아마도 이때의 무엇이 기억에 새겨져 있었던지 지금도 연못과 나무에게서 작업의 영감을 얻는다고 한다. 작업장 마당의 조형물에서는 스테인리스로 만든 나뭇잎들이 햇빛을 받아 반짝이고 있었다.

　　"2005년 서울의 선화랑에서 개인전을 하고 뭔가 새롭고 진지한 탐구가 필요했는데 마침 2006년 봄 고향 양구에 있는 박수근 미술관 1기 입주 작가로 선정되어 1년간 활동을 했다. 그때는 이천 집, 여주 작업실, 양구 박수근 미술관 세 곳을 공간 이동하면서 생활했다. 그런데 어느 날 그동안 인식하지 못했던 여주 작업실에서 일상의 내가 보이기 시작했다. 느티나무와 연못이 보이기 시작했고, 가을이면 떨어진 나뭇잎을 힘들게 치우고 있는 내가 있었고 고향의 어린 시절 산과 깅으로 뛰어다니는 내 모습도 겹쳐졌다. 작업실은 과거와 현재가 만나는 공간이었고 사연과 인간, 나, 우주에 관한 성찰의 장소였다. 연못은 여러 생명이 함께 살아가는 소우주였고 계절의 변화에 따라 여러 가지 다양한 모습을 보여줬다. 연못 속에 비춰 보이는 나를 보며 그동안 탐구 주제인 <하나에 관한 명상>에 관한 생각이 더 명료해졌다."

대지의 틈새, 2007

"가을이 되어 떨어진 나뭇잎들이 연못을 가득 메우게 되면 너무나도 평범하고 흔하기만 한 나뭇잎들이 달라보였고 비범해 보였다. 연못은 대지의 커다란 틈새에 생명수를 담고 있는 소우주였고 어린 시절 장독대에 있던 어머니의 정화수(井華水)였다. 나뭇잎들은 비슷하지만 모두가 조금씩 달랐고 세상을 살아가는 생명체의 이치도 그러했고 들뢰즈의 반복과 차이를 이해했다. 그 후로 연못은 내가 세상을 바라보는 창이 되었고 스테인리스 강판으로 나뭇잎을 만들면서 그 이면의 상징과 은유를 탐구했다."

14

나무연못, 2009

이즈음 우연히 "시는 절망에서 피는 꽃이다. 시는 승자의 기록이 아니고 패자의 기록이다"라는 유안진 교수의 글을 접했다고 한다. 조각은 시적인 세계를 조형적으로 옮긴 예술이라고 생각하고 있던 차에 강 작가에게 큰 울림이 되었다고 한다.

그리하여 생명을 다하고 떨어진 나뭇잎들이 그의 작품 속에서 다시 희망의 열매로 피어나기 시작했다. 자연의 선순환을 의미하는 작품의 주제들이나 나뭇잎을 피부로 한 상상의 생명체인 나무물고기들이 연이어 태어났다. 이른바 강신영 스타일이 확고하게 자리를 잡은 셈이다. 그 후 2007년 박수근 미술관, 2009년 서울의 한벽원 갤러리 등에서 개인전을 개최했다. 그 뒤 몇 번의 개인전과 아트페어, 평창비엔날레 특별전, 조각 심포지엄 등에 참여하고 있다. 강 작가는 2016년 지금의 작업실을 지으며 죽을 때까지 이곳에서 조각을 할 결심으로 작업에 몰입하고 있다. 언뜻 직품 전시회가 적은 세 아닌가 하시만 작품들도 크고 또 제작 기간도 오래 걸리는 조각이라는 특성상 이만한 전시도 엄청난 노동과 땀이 만든 결과인 것이다.

작업실도 크지만, 땅도 꽤 넓은 것 같다고 하자 "망치질하고 용접하고 그라인더로 연마하다 보면 눈과 몸이 금방 피곤해진다. 특히 용접기의 강한 빛과 쇳가루를 동반한 먼지와 공구의 소음은 금방 지치게 한다. 이럴 때 가끔 풀 뽑기, 나무 가꾸기, 농사일 등 녹색 일을 하게 되면 육체적 정신적으로 안정을 찾는 데 많은 도움이 된다. 그래서 운동 삼아 풀을 깎는다."며 웃는다. "양구에서 유년 시절을 보냈는데 미술에 소질이 있었던 것 같다. 특히 초등학교 4학년 때부터 줄곧 양구 미술 실기대회에서 최우수상을 받았다. 6학년 양구군 미술 실기대회 때 옆 중학교에서 심사하러 오신 미술 선생님이 어린 눈에 꽤 멋지고 커 보였던 것 같다. 그래서였는지 고등학교에 진학해서 자연스럽게 미술을 하게 된 것으로 생각된다."

"강원대학교 미술교육과에 서양화 전공으로 입학하여 3학년 때 최종 전공을 조각으로 바꾸었다. 손으로 흙을 체험하며 노동의 즐거움을 느꼈던 것 같고 3차원적인 입체의 공간 작업이 흥미로웠다. 그림은 언제 어디서든 그리면 된다고 생각했고 조각은 무언가 새롭게 배울 것이 있겠다는 생각을 했던 것 같다. 평면적인 그림을 물질적이고 구체적인 재료를 가지고 입체로 만들게 되면 조각이 되고 설치 미술이 된다. 요즘은 평면과 입체 작가를 구분하지 않고 미술가, 작가라고 부르기도 하는데 나는 입체를 주로 다루는 조각가이다. 교사 생활을 10년 정도 하나가 선업 작가가 된 지 20년째다. 교사 생활이 맞지 않는 것 같아 고민 끝에 학교를 떠났고 조각가로서의 삶은 나로서는 큰 도전이었다. 작가라는 직업은 60세부터 제대로 인정받는 것이 최고의 성공이라는 말을 되새기며 살고 있다. 앞으로 4년 정도 남았는데 스스로 기대하며 살아가고 있다."

강 작가의 말투는 빠르지 않았지만, 무엇을 묻든 시원시원하고 막힘이 없었다. 눈빛도 형형
하여 작은 일에 개의치 않을 듯했다. 교사라는 안정된 직업을 포기하기가 쉽지 않았을 텐데도 그
만한 결정을 내린 것도 이런 배포가 있었기 때문이었을 것이다. "조각은 구체적인 재료를 다루는
예술이다. 작가가 추구하는 개념과 조형성도 중요하지만 물질감이 작품의 맛을 결정한다고 볼
수 있다. 어린 시절 고향집 길 건너에는 대장간이 있었고 대장장이 아저씨가 일하는 모습을 볼
수 있었다. 대장간 풍경은 꽤 흥미로웠다. 널브러져 있는 쇠 조각, 대형모루, 여러 종류의 망치, 단
조용 집게, 산소통 등 금속으로 뭐든지 만들어낼 수 있는 철공소였다. 그곳에서는 주로 농기구
를 만들었는데 철을 산소로 자르고 불에 달궈 두드리면 낫과 호미가 만들어졌다. 특히 손잡이
를 만들 때 끝을 뾰족하게 하여 가열한 후 적당한 자루에 박아 넣는데 그 과정에서 연기가 피어
난다. 비정형의 하얀 연기가 어두운 대장간 안에서 피어나는 모습은 환상적이었고 어린아이 눈
에 너무 신기해 보였다."

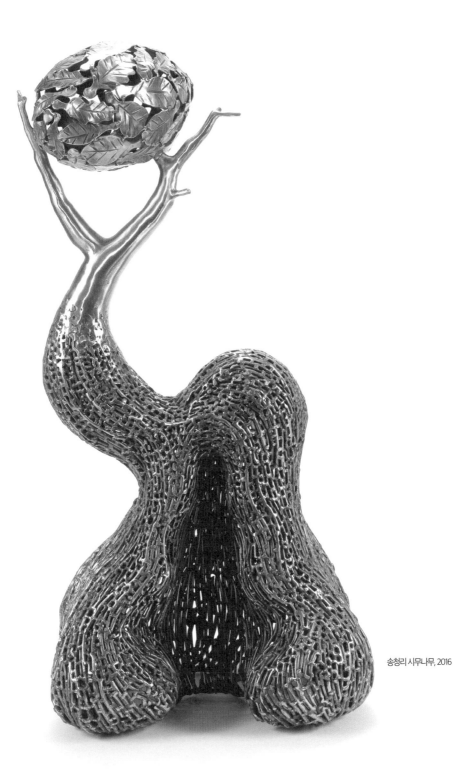

송청리 시무나무, 2016

나무새 2017

"1994년 즈음 연못이 있는 여주 시골에 작업장을 마련하면서 새로운 작업에 대한 갈망이 있었고 그때 떠오른 것이 어린 시절 대장간이었다. 작업장 한쪽에 어릴 때 봤던 대장간과 같은 불을 때서 쇠를 달구는 로를 만들었고 단조용 모루를 설치했다. 시행착오를 거치며 단조와 용접을 익혔고 평범한 쇠붙이가 대장장이 손을 거치면 농기구가 되듯이 작가의 손에서는 작품으로 탄생했다. 산소로 자르고 불에 달구고 두드리고 용접하며 내가 불을 잘 다룬다는 것을 알게 됐다. 1999년쯤 철을 능숙하게 다룰 무렵 당시 조각가들이 흔히 다루지 않았던 스테인리스라는 새로운 재료를 만나게 됐다. 자연스럽게 여러 가지 실험을 하게 됐고 아직 일반화되지 않았던 스테인리스 단조를 하게 됐다. 스테인리스 작품의 표면이 반짝거리는 것이 아닌 산소 열처리를 통해 자연스럽고 회화적이고 따뜻한 느낌을 만들어내는 방법을 찾아냈다."

    최근 조영남의 대작 논란이 미술계를 뜨겁게 달구었고 대법원은 조영남의 손을 들어줬다. 현대 미술에 작가의 개념과 콘셉트가 중요하다는 취지의 판단이다. 하지만 기본적으로 그림이나 조각은 작가의 손을 통해 피와 땀으로 전달된 감각의 집합체라는 것이 강 작가의 생각이다. "조각가에게 노동은 숙명적이며 삼차원의 입체에서 느끼는 성취감은 평면보다 강하다. 나의 작업은 「하나에 관한 명상」에서 출발했다. 1999년 태어난 아들의 얼굴에서 돌아가신 아버지의 모습이 담겨 있는 것을 보며 인생은 하나로 연결되어 자연스럽게 흐르는 것이구나! 라는 너무도 평범한 사실을 깨우쳤다. 우리가 살아가는 세상도 유선, 무선으로 연결되어 하나로 움직인다는 사실을 깨닫고 있다."

중첩된 풍경

중첩된 풍경

한평생 미술을 하며 산다는 것이 무슨 의미인지를 물었다. "일생을 미술을 하며 살아야 한다는 말은 그것을 통해 돈도 벌어야 한다는 것이다. 예술이나 스포츠 등 취미가 직업이 되는 분야에서 돈벌이를 한다는 것은 쉽지 않은 일이다. 조각은 일정한 공간과 여러 가지 공구들이 필요하기 때문에 더욱 힘들다. 이 작품들이 훗날 쇠붙이 쓰레기가 되지 않게 하기 위해 열심히 노력 중이다. 어떤 요절 작가는 좋은 작품을 할 수만 있다면 영혼을 팔아 악마와 거래할 것 같다는 말을 했다고 한다. 그만큼 좋은 작품을 한다는 것이 어렵다는 얘기일 것이다. 가상 사나운 삭품으로 세상과 소통할 때 작품이 살아남아서 작가의 인생도 함께 빛내줄 것이다. 방법이 없지 않은가? 스님이 목탁을 두드리듯이 망치로 쇠를 두드리며 나와 우주의 관계, 존재의 이유를 찾고 있는 것이다."

황금연못

킹 작가는 어딘지 경계에 있는 느낌이다. 무뚝뚝한 목소리이시만 속살은 따뜻하나. 고등학교 때도 미술반에 있으면서 친구들과 밴드를 조직해 어느 행사의 오프닝 무대를 설 정도로 엉뚱했다. 경계는 현재에 안주하지 않는 자들의 거주지이다. 나뭇잎을 매개로 나뭇잎의 아우라와 메타포를 탐구하며 만든 그의 작품들이 우리나라 곳곳에 전시되고 있지만 그에게 만족은 없다.

"인터넷으로 전 세계가 하나의 망으로 연결되는 요즘에는 역설적으로 우물 안 개구리가 사고를 칠 수도 있겠다는 생각이다. 아마 작가들 누구나 자신만의 작품 세계를 꿈꿀 것이다. 앞으로 인연이 닿는 젊은 작가들을 후원하고 싶다. 2,3명 정도 후배 작가들이 작업실에서 마음껏 창작에 몰두할 수 있도록 해볼 생각이다." 그토록 푸르게 산을 물들이던 나뭇잎들이 이제 곧 붉고 노랗게 탈색을 할 것이고 땅으로 떨어질 것이다. 그렇지만, 강 작가는 이를 보고 새로운 희망과 의욕을 떠올릴 것이다. 그의 계절이 제대로 펼쳐지길 빈다.

붓을 호미 삼는
접경지의 열혈
그림쟁이

길종갑

강릉대 서양화과 졸업.
2021 법성문화도시 선정기념 특별교류전 <역발상전>(문화공간역)
2020 5 · 18 40주년 특별전 <별이 된 사람들>(광주시립미술관)
2020 리얼리즘 오늘(춘천문화예술회관)
2019 제주 4 · 3미술제(제주)
2018 우리 집은 어디인가(예술의전당 한가람 미술관)
2018 촛불혁명과 평화의창전(세종문화예술회관)

강원도 화천 사내면은 DMZ를 지척에 둔 최북단 지역이다. 자연 사람의 밀도가 적고 산 높고 물이 좋은 곳이다. 땅도 산도 그 지역의 인심을 닮는지 봄은 봄대로 붉고 여름은 여름대로 푸르고 가을은 가을대로 울긋불긋하다. 겨울이라고 아조 황량한 것만은 아니다. 자연이 자연스러울수록 그 색감이 더욱이 선연한 것은 무슨 이유일까. 화천은 어디든 좋지만, 이곳 사내면은 곡운구곡이 특하나 유명하다. 곡운구곡은 1668년 강원도 평강 감사로 부임하던 김수증이 춘천을 거쳐 화천을 지나다 이곳의 바위와 물을 보고 반해 은퇴를 하자마자 다시 와서 자신의 호인 '곡운(谷雲)'을 따서 곡운정사(谷雲精舍)와 농수정(籠水亭)을 지어 평생을 머무르게 된다. 김수증은 시도 짓고 유유자적 은둔 생활을 즐기다가 1682년 당대 대표 화가인 조세걸에게 이 아홉 계곡을 실제와 같게 그리라 하고 가족, 친지들과 힘께 시를 지어 <곡운구곡도(谷雲九曲圖)>라 이름하였다. 현재 국립중앙박물관에 보관돼 있는데 이전의 관념 산수화의 틀을 벗어난 것으로 "거울에 비친 물상을 취한 듯하다"라는 말이 발문에 적혀 있다. 후대에 다산 정약용도 이곳을 둘러보며 선대의 눈밝음에 찬탄을 했다.

작업 중인 길종갑 화가

이로써 화천의 곡운구곡은 지금까지 여타의 계곡과는 다른 지위를 부여받게 된다. 이름을 불리우게 된 꽃이 더욱 환하게 피듯 말이다. 그리고 꼭 300년 만에 길종갑 화백이 새로운 필법으로 <신곡운구곡도>를 그렸다. 오랜 후에나 이어진 화답인 셈이다. 그의 <신곡운구곡도>는 예의 그 강렬한 색감으로 작금의 풍광을 보이는 그대로 그렸다. 기실 이곳 삼일계곡은 그가 태어나 학교와 군대 시절을 빼고 오롯하게 살고 있는 곳이기도 하다. 이 계곡물 소리를 들으며 농사를 짓고 그림을 그리는 길종갑 화백(이하 길 화백)은 이곳에서 팔순 노모를 모시며 고추도 심고 배추도 심고 여름이면 토마토 농사를 짓는다. "농사꾼들은 겨울이 휴가라며, 이때가 가장 집중해서 그림을 그리는 시간"이라며 환하게 웃는 길 화백은 깡마른 체구에 강단이 있는 말투로 작은 예의나 호칭에는 구애받지 않는 시원시원 스타일이다.

그래서인가 작가의 기운인지, 이 산천의 기운 때문인지 그가 그린 그림은 특유의 강렬한 색감으로 감상자들을 끌어 댕긴다. 지금까지 만난 화가들에게 어떻게 그림을 그리게 됐는지 하고 물어보면 열에 아홉은 그냥 어릴 때부터 그림 그리는 것이 좋았다는 대답이었다. 길 화백도 이와 크게 다르지 않았다. "어릴 적 어머니와 같이 그린 그림이 몇 번 상을 받게 되었는데 이것에 자극을 받아 우쭐해서 내가 잘 그리는 줄 알고 그림을 그리기 시작했다"고 말한다. 지금 생각해보면 어쩌면 엄마가 그린 그림일 수 있단 생각이 든다는 말도 한다. 어떻든 초등학교 때 만화잡지 『어깨동무』라도 보려고, 친구에게 질 보이려고 친하게 지내려 노력하면 끝에 거기에 나오는 만화들 따라 그려보곤 했다고 한다. 이렇게 중학교까지 미술에 관한한 별 다른 기억은 없었다고 한다. 고등학교 때는 미술 선생님이 계시긴 했지만 환경 미화나 반공 포스터나 그리는 수준이었다. 그러다가 2학년 때 작가에게 잊을 수 없는 사건이 생겼다고 한다.

　그때만 해도 교무실 호출은 혼쭐나는 일들이 대부분이어서 반가울 게 없는 일이었는데 그래도 그때까지는 한 번도 교무실에 불려간 적이 없는 작가에게 교무실 호출이 있었다고 한다. 미술 선생님도 아닌 도덕을 가르치던 선생님이 길 화백을 보고 "종갑아 그림 그리고 싶나?" 하고 물으시길래 무심코 "네~" 하고 왔는데 다음 날 다시 교무실에서 호출이 왔다고 한다. "헐 나도 모르게 아버지가 교무실에 와 계셨어요." 선생님께서 "애 그림 가르치세요." 하자 아버지는 그저 "예~" 그러셨다고. 그때만 해도 선생님 말씀은 누구도 거역할 수 없는 영역이었기에 그렇게 본격적으로 미술을 하기 시작했다고 한다.

두류산풍경(봄), 2018

"처음 그림 수업은 춘천의 벽화실에서 시작을 했어요. 고2 때였죠. 이듬해까지 화실을 다녔고 그땐 학력고사 보고 입시까지 일정 기간 실기 연습할 시간이 있었어요. 그래서 1차 강원대에 접수했어요. 중요한 건 면접 때 사리 분별 못하고 '선생님 안 하고 화가하겠다' 대답한 거예요. 지원한 학과가 사범대 미술교육과임에도 불구하고 말이죠." 그것 때문인지 강원대는 떨어지고, 2차 강릉대에 지원하여 무난히 합격하였다고 한다. 그런데 천만다행, 전화위복으로 기실 작가와 궁합이 맞았는지 자신의 그림은 거기서 시작된 거라고 했다. "그런 거 있잖아. 그땐 몰랐었지. 인복? 강사인 교수진은 한기주, 이석주, 황주리, 지석철, 평론에 유재길 등등 내 그림의 가교를 마련한 시기였어. 행운이었지." 지내놓고 보니 그때가 무척 행복한 시기였다"고 한다.

졸업하고 대학교 샘들이 만들어준 직장 생활은 두 달도 못했고, 이후 몇 차례 직장 생활을 경험한 뒤 아예 취직은 생각도 하지 않았다고 한다. 그때 그러니까 1990년대 초쯤에 춘천에서 조각을 하시던 백윤기 선생이 교직을 그만두고 동면에 작업실을 마련해 작업을 할 때, 거기 빌붙어 한 3년 정도 '되도 않는' 그림을 그렸다고 작가는 말한다. 그러다가 장남인지라 부모님을 모실 상황이 생겨 억지 귀향 비슷하게 고향 화천 사내면 사창리로 다시 오게 됐다고 한다. 막상 집으로 돌아오니 집을 건사해야 해서 농사도 싯고, 일본에 백합 수출도 해 돈도 꽤 벌어보았다고 한다. 그러다 보증 잘못 서주는 바람에 구경도 못한 돈 갚느라 그의 인생에서 8년여 동안에 그림 한 장 못 그리고 농사만 지으며 세월을 보냈다고 한다.

"혹시 춘천에 '아침 못'이라고 알아요?" 샘밭 쪽에 있다는 것은 알고 있다고 대답하자, "아침 못이라는 지명도 있지만, 그 이름으로 된 미술가 모임이 있었지요. 그래도 그 시절 그 모임이 죽어가는 내 그림의 끈이 돼준 것 같아요. 아마 당시의 다른 이들도 그때의 기억들은 아직 남아 있을 것 같아요." 아련한 표정으로 말한다. 故 박희선, 황효창, 이광택, 송강희, 이재영, 백윤기, 시인 최돈선 선생님 등과 함께 지금은 없어진 참새 방앗간 같은 오페라에 모여서 맥주를 마시며 춘천의 문화를 이야기했다고 한다. "그때만 해도 예술과 삶이 지금처럼 팍팍하지 않았지. 그러고 보니 그때 그 모임이 춘천 민미협의 시작이 되었다는 생각이 드네. 무엇보다 박희선 샘이 너무 일찍 별이 된 게 너무 아쉬워. 불같은 성격과 민족색이 강해서 타협이 없었지만 작품이 워낙 좋아서 지역에서 내가 제일 좋아(존경)하는 작가였지. 아무리 생각해도 춘천이 그의 작품 세계에 너무 무관심한 것 같아. 지금도 그 생각을 하면 답답해" 하고 담배를 피워 문다.

두류산풍경(배추밭), 2018

아직까지도 '아침 못' 전시를 몇 차례 못 하고 그 맥이 끊어진 것이 무척 아쉽다고 한다. 길 화백은 그때가 제법 괜찮았던 시절이었다고 회상한다. "그때 그린 그림은 환경과 인간과의 공존 관계에 대한 고민이 많았던 거 같아. 개구리를 소재로 그린 그림도 좀 그렸는데, 지금도 간간이 환경과 연관된 그림을 그리기도 하지. 아마 앞으로도 그 부분은 지속적일 것 같아. 그러다가 아버지가 병(췌장암)을 얻어 귀향을 하지 않을 수 없었어. 보험이나 사회 보장 제도가 미비한 때라 병원비와 병간호로 허리가 휘었지. 그때 대출금이 늘어나 백합 수출로 겨우 겨우 메꾸던 내 그림 인생의 공백기였지. 아버님 돌아가시고 나서야 조금씩 그림을 그리기 시작했어. 그때부터 가까운 곳에서 영감을 얻어 작업했어. 인간들에 의해 저질러진 반환경적인 것 -차에 치어 산산이 부서진 야생 동물의 사체, 개구리를 잡아 꾸러미에 꿰어 그 개구리가 살려고 버둥대는 그림, 솥 안의 개구리가 나를 쳐다보는 그림 등등- 그때 언론에서 개구리 화가라 방송해서 한때는 사람들이 날 소개할 때 개구리 화가라고 불렀지. 그때 그린 그림이 몇 점 남아 있지 않아 많이 아쉽지."

지금까지 전시 내역을 소개해달라고 하자 "아까도 얘기했듯이 농사짓느라 작업을 많이 못해서 그냥 동네에서 소소한 전시를 했다"고 겸손을 떤다. "한동안 쉬다가 화천문화원에서 향토 작가 초대전을 했던 것 같아. 그때부터 그림은 농사하면서 틈틈이 그렸어. 이때 곡운구곡을 그리기 시작했어. 이밖에도 좋은 풍광도 많아 여러 군데 지역의 문화 명소와 환경과 관련된 그림, 동네 사람들의 풍광 등을 모아 2009년 어린이회관 내 <스페이스 공>이란 갤러리에서 첫 번째 개인전을 했어. 그때 내 그림 보러 오는 사람들이 줄을 이어 우쭐했던 게 생각나네. 그림도 제법 팔려 어머니가 잠시나마 얼굴이 밝아 보였던 것 같아. 그 뒤로는 계속해서 그림을 그렸고 활동도 했지만 그림이 그다지 맘에 들지 않고 영혼의 공허함을 채울 그림도 나오지 않는 시간만 보내는 것 같은 느낌이지. 지금도 계속 새로운 것을 찾아 헤매고 있다"며 살짝 웃는다.

말은 이렇게 툭툭 던지지만, 그의 그림은 그 강렬한 색상과 구도 탓인지 대작 위주임에도 비상한 관심을 모으고 있다. 서울무역컨벤션센터(<KASF전>)와 캐나다 퀘벡 윈터 카니발, 세종문화회관, 제주와 광주 평화 미술제 등 50회가 넘는 전시를 해왔다. 그리고 지금은 강원도 내의 뜻 맞는 화가들과 '산과 함께'라는 단체를 이끌고 있다. 특히나 '산과 함께'는 침체돼가는 지역의 화단에 활기를 주고자 백두대간을 이고 지는 화가들이 모여 강원의 현재 시각 예술 문화를 진단하고 시민들과 소통하면서 '나'를 찾는 것을 목적으로 전시를 했다. 처음엔 1회성으로 전시를 했는데 반응도 좋고, 또 시국에 대한 발언도 필요하다는 의견이 모여 매년 만주 지역과 바이칼호수 등을 돌아보며 민족의 시원과 힘을 찾아 화폭에 담고 있다. 이때 그린 그림 중 길 화백의 <백두산행기>(2017년)라는 백두산 천지 그림을 보자면 그 하늘과 천지의 강렬한 색감이 원시적 두려움과 외경을 불러일으킨다. 이런 색감은 <신풍속도>(2010년), <화음동기>(2011년), <화악산추경>(2014년), <화음동 입도>(2014년) 등 수도 없는 계보를 갖고 있다.

한길 키도 넘는 크기로 그려진 원색과 기괴한 무늬는 자연 고흐를 떠올리게도 한다. 그래서 어쩔 수 없이 이 '색감'은 무엇인지 물어보았다. 그러자 길 화백은 잔잔한 미소를 지으며 "그 동안 색감에 대한 질문을 너무 많이 들어왔다. 나는 그림을 그릴 때 그리고자 하는 느낌만 생각하고 그리는 형태만 취해. 주로 농번기인 가을에 그림을 많이 그려서 그런 면도 있겠지만 다섯 가지 색, 오방색이 매력적이지. 거의 모든 게 그 안에서 가능하거든. 화가가 어떤 색감을 떠올릴 때 손과 물감은 오래된 습관처럼 자동이어야 하거든. 이는 운전하는 것과 비슷하다는 생각이 드네. 2차, 3차 혼합된 색은 내가 그리는 그림하고 일치가 안 되는 것 같아. 은은한 비유 같은 그림이 주는 감동은 나하고는 잘 안 맞나 봐. 아직 젊어서일까" 하며 귀여운 자백 모습을 보인다.

두류산풍경(겨울), 2018

華陰洞精舍 二○一五年 통갑

화천 화음동정사

"또 나는 그림을 그릴 때 사진 같은 자료는 최대한 멀리하고 몇 번이고 그곳을 거닐고 구상하고 연습하고 착상이 되면 다시 관찰하고 머릿속으로 꼭꼭 기억하고 구상하고 그러다가 그려야겠다! 라고 생각 들면 캔버스를 올려놓고 바로 물감으로 시작하지. 한 번 시작하면 계속하는 방식인데 중간에 또 다른 문제가 끼어들지 않으면 계속해 그려나가고는 해. 그런 면에선 아크릴이 잘 맞아. 몇 시간이든 오줌 안 마려우면 계속 생각하며 피곤할 때까지 쉬지 않고 작업하는 스타일이지. 이런 습관 때문에 유화 작업은 가끔 망칠 때가 있어. 유화 물감은 적절한 속도와 절제가 필요하거든" 길 화백의 얘기를 들으며 이런 기질 때문이구나 하는 생각이 들었다. 그가 <신(新)곡운구곡>을 그린 이유도 이런 전형적인 일필휘지로 지사적 필이 작용을 했을 것이다. 여기에 그는 지역 향토 사학자들과도 활동을 많이 했다. 그 결과물이 『화천문화기행』이라는 책으로 곡운구곡 등을 그린 그림이 실렸다. 이른바 문화의 지역성이 독자성, 다양성을 이룬다는 평소 생각의 실천인 것이다.

　　예전에 집안 사정 때문에 오랫동안 그림을 못 그렸고, 또 농사를 지으려면 그림을 못 그리니 시간이 아깝다는 생각도 들겠다고 하자 "좀 더 젊었을 땐 농사로 인한 작업 시간 부족을 아쉬워한 적이 많았지. 그러나 지금은 생각이 많이 달라졌어. 이제는 나의 삶과 그림 사이의 간격이 촘촘해졌으면 하는 생각을 하게 돼. 가을부터 봄까지가 나에게 주어진 주요한 작업 시간이야. 속도가 좀 빠른 편이라 큰 그림은 한 달 정도면 충분해. 화가로서 최고로 경계하는 것은 같은 그림은 그리고 싶지 않다는 것이시. 끝없이 새로움을 탐닉하고 그 속에서 공감하고 행복하게 살아간다는 것 뿐"이라고 한다. 새로움은 늘 예술하는 사람들의 숙명 같은 것이기도 했다. 따지고 보자면, 어찌 예술하는 사람들뿐이랴. 물건을 만들고, 경영을 하고, 무엇을 가르치는 일들, 의식주를 비롯한 사는 일이 다 "우리 강산 새롭게 새롭게~"가 아니겠는가.

화천 화음동 계곡

"하루하루를 기억하고 기록하는 작업을 계속한다.
대부분 장편 소설을 쓰듯이 작업하지만 찰나의 소박한
삶의 광경들도 소중하다. 미술은 생활과 유리된 미학적
추구보다는 환경과 우리 삶이 처한 상황도 웅변해야 한
다고 본다. 한치 앞을 알 수 없는 삶 속에서 지금 이 순간
을 감사히 여기며, 이 쓸쓸함마저도 공유하며 살아가고
싶다. 내가 만일 이런 감각을 가지고 있다면 그것이 내가
살아가는 이유일 것이다."

　　　　　　— 길종갑 개인전, 〈엄마의 정원〉 작가 노트 中

"이제는 뭘 하나 완성하기 전에 다른 걸 생각하는 버릇이 없어졌지. 요즘은 하나하나 찬찬히 가는 길을 가려고 하고 있지만, 머 가봐야 알겠지. 여하튼 요즘은 그림 그리는 생각으로 가득해. 삶 자체도 그 언저리에서 같이 걷고 있다는 느낌이야. 그림은 이미 나에게 나를 따라다니는 그림자라고나 할까? 좋은 그림 하나 그려보고 싶은 게 나의 깨지지 않은 꿈이지. 보고 또 봐도 좋은 그림. 나의 이 엉성한 조합이 (계속하다보면) 언젠간 독특한 완성을 보일 거라 난 믿어. 어떤 열정과 얼마만큼 갈고 닦는가의 문제이지! ㅎ" 깨달음이 그렇게 어려울 게 있을까. 느릿하지만, 쉬지 않고 자신의 길을 가는 것, 거기에 무슨 돈오니 점수니 말이 필요할 것인가.

화천화음동계곡

"예술은 진실을 깨닫게 하는 거짓말"이라는 얘기를 피카소가 했다던가? 인터뷰 내내 보여준 길 화백의 모습을 보며 무엇을 애써 가리려고도 않고, 또 무엇을 애써 포장하려고도 안 하지만, 자연스레 다가서는 이 뒤끝 없는 상쾌함은 무얼까. 그것은 바로 볼 테면 봐라! 할 수 있는 구릴 게 없는 삶이 일궈놓는 미덕이 아닐까. 흙은 거짓말을 하지 않는다고 한다. 농부가 천하의 근본이라는 말도 꼭 먹는 것을 생산해서가 아니다. 거기에는 한 땀 한 땀 땀을 흘리며 일궈내는 진실과 정성과 모심과 결실이라는 모범이 있기 때문이다. 붓을 호미 삼아 캔버스를 땅 삼아 밭을 일구는 농부 화가 길종갑, 그저 형이상학적이고 미학적인 놀음보디는 그림 속에 사람이 있고, 그 사람이 딛고 서 있는 땅의 기쁨과 어둠을 있는 대로 그려야 한다는 화가 길종갑, 그가 빚어내는 웃음처럼 오래도록 기쁨과 즐거움이 내내 함께하기를 빌어본다.

세계의 소녀상이
진정한 평화 위한
기도가 되길

김서경

1988년 중앙대학교 예술대학 조소학과 졸업.
5회 개인전과 다수의 단체전 출품.

김운성

1988년 중앙대학교 예술대학 조소학과 졸업.
2회 개인전과 다수의 단체전 출품.

부부 공동 약력

동학 100주년 기념 무명 농민군 추모비(정읍, 1994년). 중앙대학교 '이내창 추모 조형물' 및 서울 교대 '박선영 추모 조형물' 설치.
민족시인 채광석 선생 시비 조형물 설치(안면도 국립 휴양림, 2000년). 지각생의 하루(서울 역사박물관, 2010년). <평화의 소녀상>
(일본군 위안부 수요 집회 1000회 기념) 설치(일본대사관 정문앞, 2011년)를 시작으로 2021년까지 전국 82곳, 해외 16곳 설치.
미선·효순 기념비 설치(2012). 김구 선생 기념 조형물 설치(서울시 성동구, 2013년). <베트남 피에타>(제주 강정마을, 2016년),
<강제 노동자상>(교토단바망간기념관, 용산역, 제주항, 대전, 2017년~2019년), <굽히지 않는 펜>(프레스센터, 2019년) 등 설치.

노란 모자를 쓴 키 130cm의 <평화의 소녀상>, 체구는 작지만 대한민국에서는 누구보다 힘이 쎄다. 약소국에 태어났다는 이유만으로 위안부라 불리며 피해 당사자이면서도 그 서러움과 고통을 속 시원히 하소연조차 하지 못했던 할머니들의 대변자이자 등불이 된 <평화의 소녀상>. 국민을 보호하지 못하는 국가의 의미를 묻는 일조차 사치가 된 상황에서 <평화의 소녀상>은 도심 온도 영하 18℃의 한파주의보에도 노숙을 하며 청년들이 지켜야 하는 어떤 상징이 되고 있다. 하지만 위안부 할머니들의 처지와 비슷하게 <평화의 소녀상>도 이제 마땅한 국적을 놓친 듯 철거의 위기에 놓여 있다.

2016년 1월 광화문 일본대사관 앞, 제 1214차 수요 집회에서 만난 김운성 작가(이하 김 작가)의 표정은 밝고 쾌활했다. 시종 웃음을 머금고 얘기하는 모습에서 교회 오빠 같은 배려와 부드러움이 묻어난다. "<평화의 소녀상> 제작은 어떻게 하게 됐나?" 하고 묻자 "일단 미안함 때문이었어요. 오랫동안 이어지는 할머니들의 수요 시위를 보면서 안타까운 마음으로 정대협(한국정신대문제대책협의회)을 찾아가 도울 길을 물었지요. 처음에는 할머니 조각상으로 할까 하다가 아내(김서경 작가)의 제안으로 함께 소녀상을 만들게 되었어요. 그때 고통 받는 당사자는 소녀였으니 이견이 있을 수 없었죠."

중앙대학교 미대 조소과에서 만난 아내인 김서경 작가는 지금도 가장 죽이 잘 맞는 예술적 동지이자 정신적 도반이다. 지금까지 <평화의 소녀상>이 30개 넘게 만들어져 미국, 캐나다, 독일 등등 세계 곳곳에 세워지고 우리나라 곳곳에도 전시돼 있다. 강원도는 강릉과 원주 두 곳에 이어 춘천에도 뒤늦게 설치가 되었는데 정작 김 작가의 고향인 춘천에서 의뢰가 늦게 와서 섭섭했었다고 한다. 춘천에서 나서 고등학교까지 다녔는데, 지금도 어릴 적 뛰어놀던 옥천동의 옛 춘여고 뒤쪽 동네 풍광이 삼삼하다고 한다. 그나마 지금은 부모님께서 동산면으로 이사를 하는 바람에 춘천 시내에 자주 가보지 못해 아쉽다는 말을 덧붙인다.

대뫼마을 동학농민혁명 홍보관 조형물 설치1   대뫼마을 동학농민혁명 홍보관 조형물 설치2

대뫼마을 동학농민혁명 홍보관

      보통은 작가들이 사회 문제를 인식하고 참여하는 데는 어떤 동기가 있기 마련인데 김 작가의 경우는 어떠한가 하고 물었다. "지금도 40여 개쯤의 각종 사회단체에 가입되어 있다. 대부분이 소위 진보 단체인데, 예술가라고 사회 문제와 별개라는 생각은 자가당착이라고 본다. 예술이고 사회고 결국 인간의 행복을 위한 것이 아닌가?"라고 반문한다. 여기에 "작가는 사회와 만나야지 작가끼리 만나봐야 싸움만 일어난다. 그래서 무슨, 무슨 협회 등의 활동은 안 한다"는 말로 미술계의 알력도 꼬집는다.

　　2015년 12월 28일, 한일 외교부 장관의 공동 기자 회견으로 위안부 문제의 최종적, 불가역적 해결이 공언되었다. 그렇지만 정작 위안부 할머니들은 배제된 채 진행이 되었고, 국회 동의도 없어 국제법상 효력에 의문도 제기되고 있다. "1965년 진행된 한-일 협정이 재연된 거지요. 정부 간 협의인데 너무 졸속으로 처리되었죠. 어떻게 피해 당사자 단 한 명에게도 물어보지 않고 결론을 내요. 아마도 중국, 러시아의 압박 등 동아시아 힘의 각축 과정에서 일본과 한국의 협력이 급하게 된 미국의 입김이 있는 것으로 보이는데 무척 안타까운 현실" 이라며 다소 목소리를 높인다.

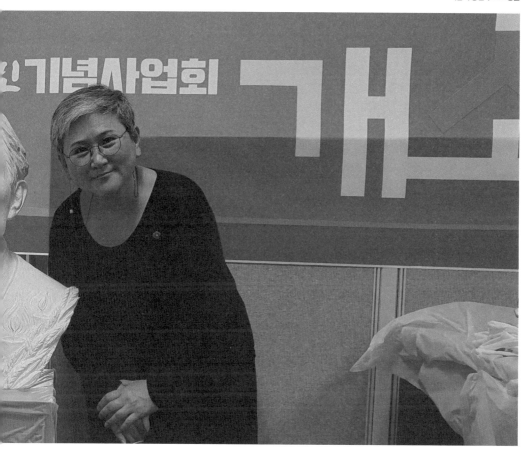

기실 일본은 지금까지도 전 세계에 놓인 <평화의 소녀상>을 철거하기 위한 집요한 로비를 계속하고 있다. 2020년 독일, 일본 정부는 일본군 위안부 문제 해결을 촉구하고 피해자를 기억하자는 의미를 담은 <평화의 소녀상>에 대해 '외교 분쟁'이라는 이미지를 부각해 현지 행정 당국이 부담을 느끼도록 사실상 압박하여 거의 성공을 거둘 뻔했다. 다행히 역사의 엄연한 침탈 사실을 외교 분쟁으로 희석하려는 일본의 노력이 수포로 돌아갔지만 <평화의 소녀상> 철거를 노린 로비는 계속될 것으로 보인다.

김서경 작가도 "<평화의 소녀상>은 위안부 피해자뿐만 아니라 강제 징용자, 원폭 피해자까지를 아우르는 상징"이라고 한다. 지금까지 그때그때 중요한 이슈에 대해 적절한 포즈를 잡은 6종류의 소녀상이 제작되었다고 한다. 위안부 할머니들의 수요 시위도 <평화의 소녀상> 이전과 이후로 갈릴 정도라는데, 작가 본인에게는 어떤 영향을 미쳤을까? "<평화의 소녀상> 이후로 유명세를 타는지 알아보는 사람이 많아졌어요. 그래서 본의 아니게 도덕적이 되었지요. 그래서 <평화의 소녀상> 작가가 노래나 부르고 다닌다는 얘길 들을까봐 노래방도 못 가요. 괜히 위축되는 것도 있고, 암튼 달라진 것은 확실하다"며 빙긋 웃는다. 다음 인터뷰 순서로 영국의 BBC 방송이 기다리고 있으니 유명세가 도덕성을 요구하는 것인지는 모르겠지만 적어도 누군가가 기다려주는 것임은 확실해 보인다.^^

김 작가는 피해자인 우리가 충분한 사과와 보상을 받아야 하는 것처럼 가해자였던 우리도 그만큼의 사죄와 대가를 지불해야 한다고 생각한다. 그래서 <베트남 피에타>라는 작품을 만들었다. 베트남에는 우리 군과 미군에게 희생된 현장에 원망비, 증오비가 세워져 있는데 그는 이곳에 사죄비를 설치하려는 계획을 갖고 있다. 진정한 사과와 평화를 기원하자는 의미이다. 사실 월남 파병은 용병의 의미였지, 따로 원한이 있는 것은 아니었다. 약소국의 자립 갱생이라는 변명도 떳떳할 일은 아니다. 우리가 전쟁을 두려워하고 억지하려는 것은 전쟁은 상상할 수 없는 물리력으로 인간의 존엄을 무너뜨리고 지옥을 일상화하기 때문이다. 과거에서 배우지 못하는 역사는 불행하다고 하지만, 그럼에도 핵 개발 등의 위험은 자꾸 커지고 있다. <평화의 소녀상>과 <베트남 피에타>는 이런 현실에 경종을 울리는 기도이기를 바라는 것이다.

베트남 피에타

이야기를 나누다가 문득 서울에서 보는 강원도는 어떤 의미일지 궁금했다. 그래서 예술가로서 강원도에는 어떤 기회 요인이 있어 보이는가 물었다. 그러자 "외국인이 우리나라에서 가장 가보고 싶은 곳이 DMZ라고 들었다. 강원도가 DMZ의 60% 이상을 차지하고 있으니 강원도가 평화를 가꾸고 이루는 기둥이 되면 좋겠다"고 한다. 일테면 DMZ 박물관 같은 데서 6자 회담 당사국 출신의 예술가들이 한두 달 정도 기숙하며 평화와 관련된 작품을 만들어 전시하고, 동북아 평화 정착에 대한 당사국 간의 심포지엄 등 일정한 전진을 이뤄내는 일들을 도모해보라는 것이다. 단순한 일회성 행사가 아닌 국가 간 형식을 갖는 문화운동으로 발전시켜보라는 얘기였다. 강원도의 특·장점을 잘 이해하고 애정을 가진 사람이 내는 의문이자 결론이란 생각이 들었다.

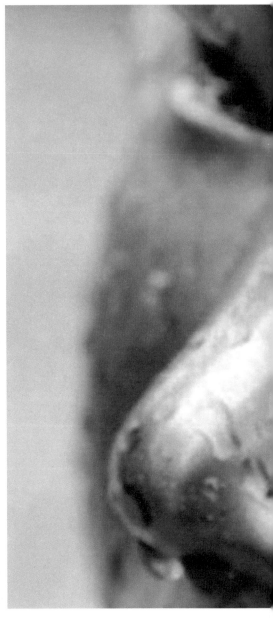

소녀상의 눈물

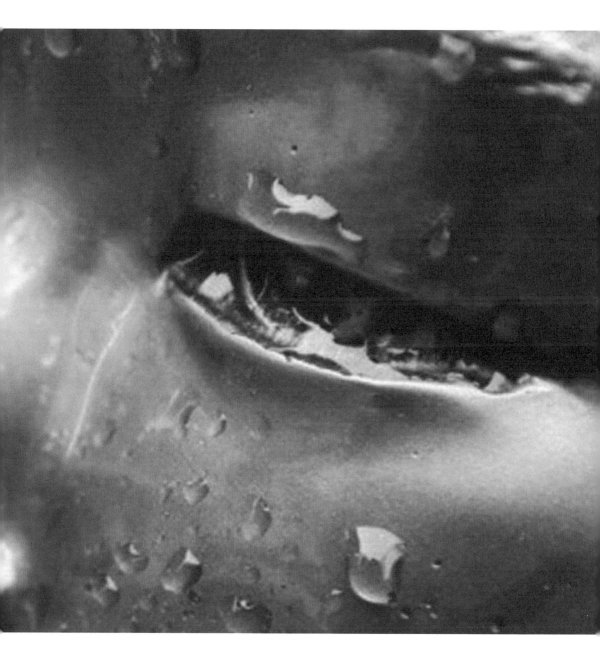

한일 일본군 '위안부' 합의 무효

2016년 1월 13일 수요일 오후 12시
주한 일본대사관 앞 "평화로"
한국정신대문제대책협의회

제1214차 수요집회 주한일본대사관 앞(1)

The same brutality, but...

VS

1970.12.07 / Willy Brandt / Warsaw

소녀상 강제철거 반대한다. ♨뜨거운 남자

제1214차 수요집회 주한일본대사관 앞(2)

제1315차 수요집회 광화문 '빈의자에 새긴 약속'

몇 십 년만의 한파라는 도심 속 자그마한 소녀상은 어떤 생각으로 희망의 불을 지피고 있을까. 세계 각국의 대사관들이 즐비한 광화문에서 <평화의 소녀상>은 어떤 의미를 갖고 있을까. 헬조선이라 불리는 상황에서 <평화의 소녀상>을 위해 노숙을 하는 청년들을 보는 작가의 심정은 어떠할까. 국민을 보호하고, 국민의 눈물을 닦아야 할 국가는 푸른 의경의 도열된 방패 뒤에 숨어 무엇을 도모하는 것일까. 인터뷰 후 춘천의 어느 막국수 집에서 만난 두 내외 작가는 서울 현장에서 볼 때보다 훨씬 부드러워져 있었다. 하긴 누군들 굳이 길끝의 신두에 서고 싶으랴. 이래저래 극단의 대립으로 서로 상처를 내고 있는 현실이 안타깝다고 한다. "은제까지 대륙의 기상을 잃은 채 38선을 머리에 얹은 섬나라 대한민국의 국민의 될 것이냐"며 내미는 김서경 작가의 막걸리 잔에 무어라 속 시원히 대답을 찾지 못하였다.

지금까지 해왔던 작업 중에 기억에 남는 에피소드가 있다면 얘기해 달라고 했다. 그러자 "1994년 정읍에 세웠던 위령탑 얘기가 생각나는군요. 동학농민운동 100주년을 기념하는 조형물이었는데 조형물은 <동학 무명 농민군 위령탑>으로 수십 개의 돌에 사람과 농기구 등을 새기는 것이었지요. 그런데 당초 디자인 과정에서는 제일 중심에 여성상을 해놨는데 그 당시 추진위에서 여성상 말고 남성으로 해야 한다고 해서 어쩔 수 없이 남성으로 바꾸어 조형을 했지요. 결국 전체 조형물이 모두 남성이 된 겁니다. 그런데 올해(2021년) 정읍에서 다시 연락이 왔어요.

여성이 없으니 여성을 새겨달라는 것이었지요. 조형물이 점차 유명해지면서 '동학농민운동 기념물에 왜 여성이 없냐?'는 사람들의 문제 제기가 많아졌다고 하더라구요. 실제 1884년 당시 동학농민운동에 참여한 동학 여성 접주가 꽤 많았어요. 그렇게 우리에게 다시 연락이 와 두 점의 여성상을 추가로 만들게 되었고 그 하나는 젊은 여성이 죽창을 든 모습이고 또 하나는 우리의 어머니의 모습을 표현하였지요. 드디어 27년 만에 동학의 평등사상이 온전하게 표현된 조형물이 완성된 셈입니다. 무명의 남녀 동학군 혁명의 기록이 이제야 마무리됐다는 생각에 기분이 흡족했습니다" 하는 대답이 돌아왔다.

징용자상 ▶

문화는 세계 평화에 어떤 힘을 발휘할 수 있을까. 그래서 물었다. "예술이 사회에 어떤 역할을 해야 한다고 생각하는지……." 그러자 예의 그 부드러운 목소리로 "예술은 사회, 정치, 경제적인 것이며 인간 사회의 그 어떤 것도 될 수 있다고 봅니다. 따라서 문화 예술은 시민, 국민이면 당연히 누려야 할 문화 주권인 거지요. 즉 예술은 당연히 사회의 산물이고 현실적인 것이며 그 자체로 미래 지향적"이라며 "앞으로 내게 주어진 일에 좀 더 집중하고 다가오는 일들에 비켜서지 말자고 각오는 하는데 할 일이 너무 많다"며 씨익 웃음을 짓는다. 세상에 부부 도박단이라는 말은 들어봤어도 '부부 조각단', '부부 평화단'이란 말은 아마도 아직일 게다. 이렇게 부창부수, 같은 곳을 향해 걷는 도반들은 얼마나 행복할까.

미국을 두고, 중국을 두고 돌아가는 요사이 정치 상황에서 어쩔 수 없이 구한말의 풍광이 오버랩되는 요즈음, 두 작가의 소녀상은 누구도 하지 못한 일을 하고 있다. <평화의 소녀상>으로 일본 제국주의의 비인간적인 참상이 얼마나 알려지고 있는가. 전 세계의 인류가 양심을 걸고 함께 지키고 추구해야 할 보편적인 것의 창출……. 진정한 한류는 이 정도는 돼야 그 격을 바로 하는 게 아닐까. 이를테면 음악에 BTS가 있다면 미술, 조각계에는 단연 김서경, 김운성 작가가 그 자리에 있다고 생각해보는 것이다. 하여 우리 인류가 평화라는 이름에 한발 더 다가서고 있다고 감히 결론을 내려 보는 것이다.

팬들에게 싸인을 해주는 김운성 작가

땅이 그리면,
바람이 수를 놓고

김예진

자수 공예가. 우리들꽃자수연구회 대표.
우리네 산과 들의 이름 모를 꽃과 식물들을 자수로 되살리는 작업과 전통 염색을 하고 있으며,
여섯 번의 개인전과 십여 차례 단체전을 하였다. 지금은 베트남 껀터에서 활동하고 있다.
저서로는 『춘천, 사계절 꽃 자수』(2014년), 『춘천, 들꽃 자수 산책』(2017년)이 있다.

'땅이 그리면, 바람이 수를 놓고'라는 다소 추상적인 제목을 만들어놓고 시작하려다보니 무언가 거시기하다. 그것은 아마도 '자수'라는 게 무엇이고, 또 바늘에 찔려가며 한 땀 한 땀 밤을 지새우는 수고로움을 모르는 탓이겠다 싶어 '자수'를 잘 모른다는 '자수'를 하면서 인터뷰를 시작했다. 자수는 직물 등의 표면에 실이나 끈, 천 조각 등으로 누비거나 붙이거나 묶거나 끼워 넣는 등으로 장식하는 수예 기법이나 그런 작품을 일컫는 것이라고 한다. 한마디로 물감 대신 실(絲) 같은 재료로 그리는 그림이라고 할 수 있다. 최근에 취미 교육의 한 분야로 조선 시대에 국한됐던 전통 자수부터 서구 자수의 기법이 더해지고 섬유 예술 작가들의 새로운 자수 디자인들이 더해져 자신의 미적 취향을 높이는 등의 이유로 자수를 즐기는 사람들이 늘고 있는 추세라고 한다.

냉이꽃

　『춘천, 사계절 꽃 자수』(2014년), 『춘천, 들꽃 자수 산책』(2017년). 지금까지 자수와 관련해 김예진 자수공예가가 쓴 두 권의 책이다. 두 책의 제목에 공통적으로 '춘천'이 들어 있다. 언뜻 '춘천'이라는 지리 명사가 책 파는 데 한정을 짓는 게 아닌가 하는 다소 속(俗)스런 질문을 했다. 그러자 "춘천을 무척이나 사랑한다. 아픔도 있었지만 그 또한 삶의 일부였고 사랑의 일부다. 춘천이란 제목이 마음에 든다. 늘 다니며 보던 들꽃들을 사진 찍고 수와 함께 단상도 실었다. 그저 도안과 기법을 파는 책이 아니라 내가 함께 호흡했던 것들을 담고 싶었다. 한스미디어 출판사의 배려가 고맙다. 책이 많이 팔리면 좋겠다."며 환하게 웃는다. 현재 들꽃 자수외 관련한 책은 교안과 작품집을 겸하는 묘한 지점에 있다고 한다. 전국의 자수 애호가들은 자연을 좋아해서인지 '춘천'이 주는 어떤 아우라가 들꽃과 자수에 좋은 영향을 준다며 자신이 사는 춘천에 강한 애착을 표한다.

이제는 너무나 흔해져서 더 아무렇지도 않게 된 카페를 보는 듯한 갤러리에서 자수 작품을 보는 재미는 각별하다. 회화와는 다르게 소재 자체로 물성과 질감을 주는 자수 작품들은 말 그대로 살아 있는 거 같다는 찬사가 잇따른다. 지난 7월, 양평문화원 초대전 전시에는 자수도 자수지만, 들꽃 동호회 분들의 방문이 많았다고 한다. 그만큼 들꽃에 대한 사실감 있는 작품이라는 얘기겠다. 자수는 어떻게 시작을 했는가 물었다. "서울에 살 때도 틈만 나면 애들을 데리고 근교 시골로 돌아다녔다. 그러다 사업 실패와 함께 춘천에 자리 잡게 되었는데, 비로소 숨을 쉬는 것 같았다. 춘천 외곽에 작은 텃밭을 마련해 나가 있는 시간이 그렇게 좋았다. 아무것도 하지 않아도, 가만히 보고만 있어도, 듣기만 하여도…… 바람에 흔들리는 꽃잎들과 신새벽의 이슬에 젖으며 텃밭을 돌보는 일, 그윽한 달빛, 소쩍새 소리와 가만가만 들리는 물소리, 개구리 소리 이 모든 것들이 행복했다. 수놓기를 좋아해서라기보다 자연이 좋아서 시작하게 되었다. 어느 순간, 숲길에서 만난 길가에 아무렇게나 핀 흔한 작은 풀꽃들이 나에게로 왔다."

눈개승마

그렇게 바늘에 찔려가며, 자수 책을 사 보며 혼자 익히고 연마했다고 한다. 그러다보니 숲길을 걷는 발걸음이 달라졌다고 한다. 작은 풀꽃에 일일이 눈을 맞추고, 한참을 들여다보고, 사진을 찍고, 스케치를 한다. 그러다 이름을 모르는 풀꽃이 나오면 그게 꼭 자기 잘못 같아서 괜히 미안해진다고 한다. 그래서 모르는 풀이나 꽃을 공부하기 위해 SNS 야생화 동호회에 가입도 하고 책도 사 보며 공부를 했다고 한다. 그렇게 하나씩 이름을 부르고, 하나씩 알아갈수록 고마워진단다. 작은 풀들이, 곤충들이 살아가는 모습이 그야말로 정직하고 우직하고 의연하다고 한다. 어릴 적 친구네 보릿단에 누워 웃던 일, 낙숫물 떨어지는 초가시붕, 담뱃잎 신득한 건조장, 모깃불 타는 마당, 평상 위의 저녁 밥상, 원두막의 반딧불이와 별똥별, 바람이 부는 보리밭, 댓잎 비비는 소리…… 등 어릴 적 남도에서 자라며 얻은 시골의 풍광은 이후 그녀의 작업에 풍부한 자양분이 되는 듯했다.

　자수는 단순히 심미적 장치만이 아니라 실용성과 예술성을 가진 섬유 예술의 분야로 성장하고 있다고 한다. 자수를 놓는 바탕이 되는 천을 염색을 하여 문양을 주거나 다른 재료를 이용하여 화폭을 만들고, 여기에 가장 기초가 되는 밑그림은 회화에서 점, 선, 면으로 공간을 재구성하듯 대상을 형상화해서 디자인한다. 색실, 끈, 리본, 비즈, 구슬 등의 다양한 재료로 사실적이거나 추상적, 입체적으로도 표현하는데 그 재질에서 오는 따뜻한 촉감과 새로운 패턴의 시각적 특징에 기능성을 더한다는 점에서 순수 미술과는 다른 조형적 아름다움이 있다. 그렇다면, 우리가 흔히 말하는 전통 자수와 무엇이 다른지 물었다. "전통 자수라 함은 주로 조선 시대의 의복이나 생활 도구에 놓았던 도안으로 명주나 무명 등 전통 옷감에 명주실로 놓는 수를 지칭한다. 근대에는 일본을 통해 자수가 전해지면서 일본 자수의 색감과 도안이 고유의 의복과 생활용품에 수를 놓았던 전통 자수에 녹아 있기도 하다." 이렇게 들꽃 자수는 그 기법보다는 다루는 대상에 따라 달라지는 것으로 보인다.

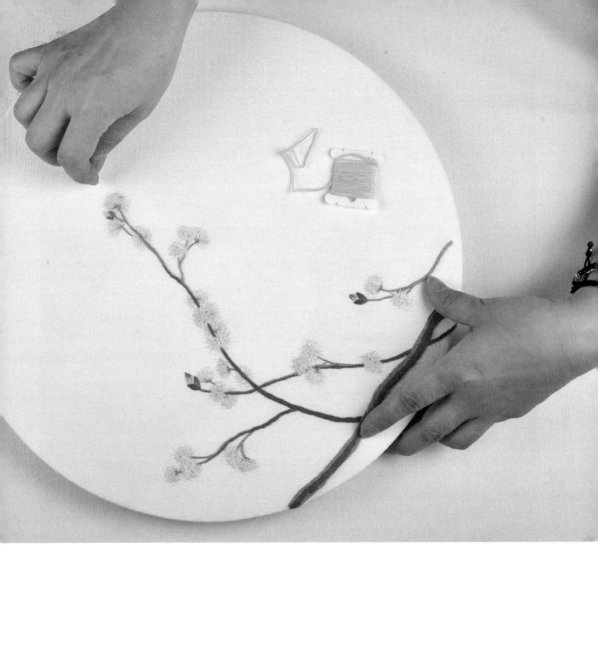

싸리꽃, 동백, 벚꽃

"나는 우리 주변에서 흔히 보는 풀꽃을 주소재로 하고 20여 가지의 기법만을 사용한다. 서양 자수 기법을 기본으로 하지만 전통 자수 기법에도 대부분 있는 기법들이다. 기법이 같다고 해서 전통 자수라 하기는 어렵다. 주로 면이나 린넨을 사용하고 실도 면사나 린넨사를 이용한다. 도안도 전통의 도안이 아니고 창작 도안이다. 소재가 우리 풀꽃으로 친숙한데다가 전통 자수에도 있는 기법들이라서 전통 자수인가 오인하는 경우가 많이 있다. 들꽃 자수는 근래에 나를 포함한 몇몇 작가가 도서와 전시를 통해 작품을 발표하면서 생겨난 우리나라 자수의 독특한 한 분야로 그 1세대로 자리매김해나가는 중"이라고 한다. 그러니까, 선통석인 자수의 기법에 늘꽃과 현대적 디자인을 접목한 자수를 개척해나가고 있는데, 아무래도 사람이 많은 수도권에 수요가 많아서 오랜 고민 끝에 올해 8월 중에 서울에 공방을 오픈한다고 한다. 현재로서는 춘천의 작업실과 서울의 공방을 오가며 수업을 해야 하니 더 바빠질 것이라고 한다.

　고등학교 때 미술과 국어는 김 작가가 가장 좋아하는 과목이었다. 또래 사촌들이 미대를 갔는데 그 그림물감들과 붓들을 보며 엄청 부러웠다. 그렇지만 집안 사정 때문에 조를 상황도 못 되었고 대학을 보내준 것만도 감지덕지였다. 그래서 학부도 국문과로 진학했다. 소설보다는 시가 좋았고, 서양화보다는 한국화가 좋았다. 손으로 조물락거리는 게 좋았고, 그림 구경 다니는 게 좋았고, 나갈 여건이 안 되면 컴퓨터로 그림 구경을 하는 게 취미였다. 나이가 들어서도 여러 차례 미술 수업을 시도하여 잠깐잠깐 스친 그림 선생님들께 칭찬도 받았지만, 현실은 여의치 않았다. 우연히 조각보의 조각조각을 구성하는 것이 좋아서 규방 공예를 하고 공장에서 나오는 원단의 질과 색감이 맘에 안 들어 천연 염색을 배우게 되었다. 이런 것들은 혼자서도 가능한 일이었고, 여학교 가정 시간에 배운 스티치 기법을 떠올리며 좋아하는 풀꽃을 그리고 도안을 그리고 수를 놓았다.

얘기를 듣다보니 어쩐지 아직도 털어놓지 못한 어떤 애환이 있는 것 같았다. 그렇지만, 열고 터는 것만이 능사이겠는가. 김 작가는 "내 수(繡)에서 바람이 숨쉬길 바라고 시가 흐르길 바란다. 얼마 전, 전시에서 어느 연세 지긋한 어머니가 '바람 부는 산을 한 바꾸 돈 것 같네'라고 하셨는데 이 말을 듣고 가슴이 철렁했다"고 한다. "아직 부족한 것도 많고 하고픈 것도 많다. 현실적인 부분을 고려하지 않을 수 없어 자수 수업도 하고, 책에 초점을 맞춘 작업도 한다. 하지만 그것이 늘 딜레마다. 자수는 시간이 오래 걸리는 작업이다. 시간은 늘 부족하지만 새로운 시도도 하고 싶다." 지금은 시쳇말로 예능에나 쓰이는 '한' '땀' '한' '땀'은 기실 그 느린 속도와 함께 간절한 마음가짐을 뜻한다. 속도와 편리가 흔해진 세상인데 우리네 행복도 그렇게 빨리 다가와 다채롭도록 누리고 있는 것인지 의문이다.

다들 짐작하다시피 자수는 어떤 분야보다 손이 많이 가고 오랜 시간을 필요로 한다. 나뭇잎 하나만도 반나절을 꼬박 작업을 해야 하기 때문이다. 그것은 마치 누에가 뽕을 먹고, 점점이 성충이 되어 누에고치를 만들고 번데기가 되어 실로 만들어지는 시간까지를 되새김질하는 것과 같다. 이렇게 실이나 비단은 오랜 시간 동안 하늘과 땅, 바람의 기운을 맞으며 탄생한다. 그렇게 만들어진 실은 아주 연약해서 끊어지기도 쉽다. 그렇지만, 김 작가는 그 긴 시간과 작은 것들의 사연들을 모아 하나의 자연으로 구현해놓는다.

◀ 베트남에서 자수 공예를
전수하고 있는 김 작가(위)

▲작업중인 김예진 작가

◀ 초대전에서 포즈를 취한
김예진 작가(아래)

그리고 그녀는 2018년 12월 베트남 남부 껀터(CanTho)에 있는 NGO 단체인 유엔인권정책센터(이하 코쿤껀터, KOCUN CanTho)로 훌쩍 떠났다. 코쿤은 서울에 중앙사무소가 있고 동남아 여러 지역에 사무소가 있다. 베트남에는 하이퐁과 껀터에 사무소를 두고 있다. 코쿤은 결혼이주 여성이 한국에 정착하지 못하고 본국으로 돌아온 귀환 여성과 한베 자녀를 위한 무료 한글교실, 취업 교육, 이혼 법률 상담, 비자 연장, 학비와 의료 지원, 집짓기 등의 지원 사업과 결혼 이주를 앞두고 있는 여성들에게 결혼 이주 사전 교육을 진행하고 있다. 한국으로의 결혼 이주를 단순히 돈 문제로만 이해하면 안 된다. 그녀들은 사회 정서적 고립, 경제적 구속, 외로움 등을 겪다가 서로 간 소통에 문제가 생겨 폭력으로 이어지는 경우가 많다. 도망치다시피 본국으로 돌아왔지만 베트남 국적이 없는 아이들을 돌보며 생계를 유지하기란 매우 힘든 상황이다. 그래서 부모님의 도움을 받거나 아이를 맡겨두고 대도시로 일자리를 찾아 떠나기도 한다.

코쿤에서는 귀환 여성들의 경제적 자립을 돕기 위해 다각도의 노력을 하고 있다. 다문화 카페를 만들어 교육과 운영을 지원하고, 센터 채용을 늘리고 있지만 한계가 있다. 그래서 더 많은 귀환 여성들에게 일터를 만들어 자녀를 돌보며 일을 할 수 있도록 다문화 공방을 만드는 일을 진행 중이다. 그녀는 비누 공예 천연 염색 자수 교육과 함께 자수 강사반을 운영하고 있다. 요사이는 수공예 상품의 디자인과 제작 과정, 꾸준한 지속성을 위한 강사 배출에 초점을 맞추고 있다. 내년 8월쯤 귀국 예정인데 걱정이 많아 마음은 더 바쁘다. 귀국 후에도 공방 지속을 위해 힘이 닿는 한 애써볼 요량이라고 한다.

"앞으로는 그저 사람이 보기 좋은 꽃 자수가 아니라 작은 생명들이 살아 있는 이야기를 담고 싶다. 호랑나비는 운향과 식물에 알을 낳는다. 남쪽 호랑나비는 귤, 탱자나무 잎에, 강원도 호랑나비는 산초, 제피나무에 알을 낳는다. 산초나무에 알을 낳는 호랑나비라든가 애벌레도 자수로 표현해볼 생각이다. 기린초에 알을 낳는 붉은점모시나비는 멸종 위기종이다. 몇 년 전 강촌에 방사하는 생태 복원 사업을 했다. 과연 기린초 군락이 있을까 싶다. 이런 궁금증들로 공부도 할 겸 생태 모니터링도 하고 시골에 고립되어 있는 이주 여성들 -이들은 정보의 무지와 고립으로 더욱 힘들게 지낸다- 과 함께하며 자연 가까이에서 작은 힘을 보태고 싶다."

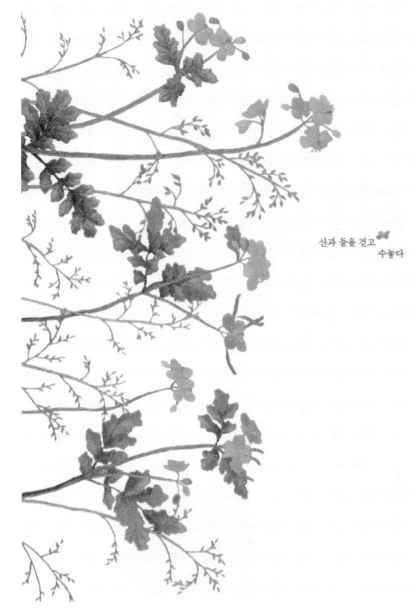

산과 들을 걷고
수놓다

춘천, 들꽃 자수 산책

[김예진 지음]

한스미디어

산과 들 자연을 수놓다

춘천,
사계절
꽃 자수

김예진 지음 ─ 조선희 그림

한스미디어

인터뷰 내내 수줍은 웃음을 날리지만, 또박또박 암팡지게 대답을 하는 김 작가는 최근에 시력과 관절이 안 좋아 걱정이다. 그렇거나 말거나 그녀가 만들어낸 작품은 한없이 명징하고 한없이 새롭나. 마치 액사에서 자라서 피어난 듯 생생하게 바람을 맞거나 달빛에 비추인다. 김 작가는 사람들이 자기보다는 자기가 수놓은 꽃과 풀잎과 하늘을 사랑하고 기억해주면 좋겠다고 한다. 어찌 보면 작가는 작품을 낳는 해와 달 같은 존재이니 당연한 일이기도 싶다가도 사람들이 김 작가의 씩씩한 삶에도 사랑과 응원을 보내주어 두루 명랑해지는 모습을 그려본다.

슬픔의 삶,
그 본질에 대한
맞장뜨기

김종숙

강원도 속초 출생.
강원대학교 미술교육과 졸업.
속초에서 그림을 그리며 살고 있음.
동화작가 박기범의 『미친개』, 『그 꿈들』 삽화 작업.
2015년 3월 인사동 아라아트센타 첫 개인전 후 2017년, 2021년 봄 개인전.

미시령을 넘어 김종숙 화가의 작업실을 찾는 길은 오월의 파릇함으로 윤기가 흘렀다. 연두와 초록, 또 그 사이사이의 색들은 슬픔조차 신명이 나는 듯 한창의 생명력으로 들쑥날쑥 자랑처럼 푸르릅다. 큰 도로에서 벗어나 폭이 넓지 않은 지방도 옆으로 선 나무들이 때맞춰 부는 바람에 허리기 휜다. 일제히 휘는 나무들은 무슨 마스게임이라도 하는 듯 일률적인 형싱이지만 제각각이 그 힘듦을 견디느라 각자의 방식으로 떨고 있다. 야트막한 산자락 둔덕에 자리 잡은 화가 김종숙(이하 김 화가)의 작업실은 작지만 단아했다. 뒤로 무성하게 자란 대나무들은 바람이 불 때마다 합창을 했다. 마치 봄은 바람이라는 듯 오늘따라 바람은 천지공간을 휘몰아친다.

작업 실에서

우리를 맞은 김 화가는 편안하고 수수한 옷차림에 노 메이크업이다. 미리 간단한 프로필 사진을 찍을 예정이라 했는데 이래 맨 얼굴로 당당하다니 조금 놀랄 일이었다. 그렇게 마주 앉은 화가는 뜻밖에 아주 수줍고 웃음이 많았다. 그의 그림은 너무도 직선적이고 힘이 넘쳤다. 그래서 그림만 본 사람들은 당연히 남자이겠거니 할 정도였다. 필자도 서울 금보성 아트센터에 전시된 그림을 보면서 그가 여자였다는 사실을 깜빡할 정도였다. 그래서 인사 삼아 먼저 이 말을 했더니 많이 들었던 얘기라며 웃는다. 하기사 그림에 무슨 성(性)이 있겠는가. 따지고 보면 여류 화가, 여류 문인처럼 웃기는 것도 없을 법하다. 모든 깨달은 것들이 그랬던 것처럼 그림과 글, 예술은 무성이다. 이것은 남녀평등 같은 이야기가 아니다. 남녀는 그 특성이 다르고 서로 다른 세계이지 결코 같은 존재는 아니다. 따라서 그림과 글도 이 특성에 기인하는 작품들로 이야기해야 할 것이다. 바람도 무성이었다는 것인지 더욱 거세게 문창호를 흔들어댄다.

그의 아버지는 평안도 분이셨다. 그래서 속초 아바이 마을, 실향민 마을에서 자랐다. 어릴 때부터 그림을 그렸냐고 물었다. "저는 어릴 때부터 친구들이 그리는 그림을 보면서 왜 저걸 표현을 못할까. 그게 그렇게 어렵나? 이런 생각을 했어요." 이건 뭐 천필의 수준 아닌가? 실제로 어릴 때부터 도화지와 크레용만으로 친구들과 선생님에게 인기였고 본인도 열심히 그렸다고 한다. 그게 지나쳤는지 대학교에 와서는 그리기 싫어졌다고 한다. 별로 배울 것도 없고, 더 이상 재미도 없었다. 그 전까지 너무 범생이었다는 걸까, 다른 것에 관심이 쏠리고 연애도 하고, 방황을 했다. 그래서 교수 얼굴도 잘 모르고, 동기생들도 낯설었던 시절이었다

"본격적으로 그림을 그리기 시작한 것은 20년쯤 됐고, 지금까지 개인전은 세 번 했다고 한다. 첫 개인전은 2015년 이른 봄 인사동 아라아트센타에서 열렸는데 반응이 좋아 원래 2주 전시 계획이었는데 연장되어 두 달간 열렸다. 그 전에 동화작가 박기범의 이라크 반전운동을 소재로 한 동화의 삽화로 그린 <그 꿈들>의 유화전이 서울, 부산, 제주 등지에서 순회 전시되기도 했다. 두 번째 전시는 2017년 이른 여름 서울 갤러리291에서 있었는데 자연스레 그의 그림을 좋아하는 팬층도 두터워졌다. 그의 그림을 본 황재형 화가는 그를 '산과 함께'라는 그룹에 합류시켰고 지금도 유일하게 활동하고 있는 그룹이 되었다.

낮술

작업실을 둘러보니 젊은 남녀를 그린 그림이 있어 물었다. "아들 내외인데 올가을 결혼을 할 예정이다. 처음에는 목탄으로 그렸는데 못생기게 그렸다고 아들한테 퇴짜를 맞아서 다시 유화로 그린 것"이라며 웃는다. 혼자 키운 아들이 어느새 장가를 간다 하니 얼마나 뿌듯할까. 새로 사과와 차를 내놓는 그를 보고 그림을 왜 그리느냐 물었다. 그런데 돌아온 대답이 예상 밖이다. "슬퍼서 그린다." "그리고 나면 더 슬프다." "그런데 그릴 수밖에 없다." 아들을 낳고 혼자 키우며 바라보는 세상은 이전과 달라졌다고 한다. 길가의 풀이 말을 걸고 돌이 말을 걸었다. 부둣가에 말라가는 생선 대가리가 그림을 그리라고 시킨다. 흡사 빙의된 무당 같은 신세라고 한다. 내 말과 그림도 내가 하는 게 아니고 사물, 대상이 말을 걸고 시킨단다. 지금까지 듣던 얘기와 달랐다. 보통은 그림을 그리고 나면 행복해진다는 식의 대답이 많았다.

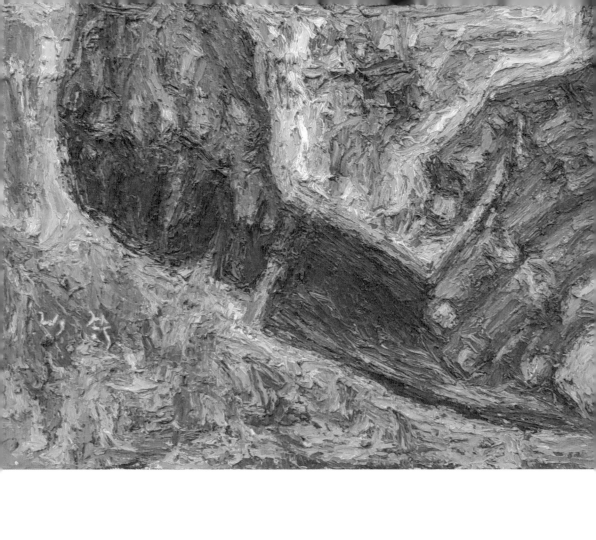

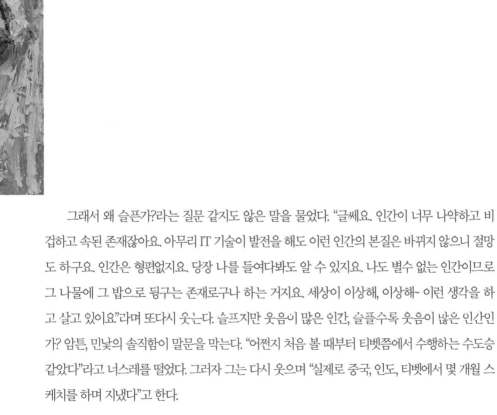

　그래서 왜 슬픈가?라는 질문 같지도 않은 말을 물었다. "글쎄요. 인간이 너무 나약하고 비겁하고 속된 존재잖아요. 아무리 IT 기술이 발전을 해도 이런 인간의 본질은 바뀌지 않으니 절망도 하구요. 인간은 형편없지요. 당장 나를 들여다봐도 알 수 있지요. 나도 별수 없는 인간이므로 그 나물에 그 밥으로 뒹구는 존재로구나 하는 거지요. 세상이 이상해, 이상해~ 이런 생각을 하고 살고 있어요"라며 또다시 웃는다. 슬프지만 웃음이 많은 인간, 슬플수록 웃음이 많은 인산인가? 암튼, 민낯의 솔직함이 말문을 막는다. "어쩐지 처음 볼 때부터 티벳쯤에서 수행하는 수도승 같았다"라고 너스레를 떨었다. 그러자 그는 다시 웃으며 "실제로 중국, 인도, 티벳에서 몇 개월 스케치를 하며 지냈다"고 한다.

"티벳을 갔더니 신들의 땅에 사람이 조금 섞여 사는 것 같았고, 인도를 갔더니 사람의 땅에 신이 조금 섞여 산다는 느낌을 받았다"고 한다. 그래서 그러면 우리나라는 어떤가? 하고 물었다. 그랬더니 "글쎄요. 엄청나고 급속한 시스템의 변화를 겪는 땅이라고 할까요. 우리나라 사람들 평생 동안 엄청난 변화를 겪잖아요. 농정의 시대에서 근대화, 산업화 시대를 지나 지금은 첨단의 AI 시대를 지나고 있지요. 그러니 사람들이 이 속도를 어떻게 따라가요. 삽과 곡괭이를 휘두르다가 자판을 두드리는 세상, 어디를 다녀도 걷거나 버스를 타고 다녔는데 갈 때마다 지하철 노선도 새로 놓이고, 음식 주문도 버튼을 눌러서 하는 상황입니다. 이렇게 실생활의 근간을 흔들어놓는 일이 매일같이 생기니 무어라 진단 불가지요. 사람 자체가 정신을 챙기기 힘든 체제이지요"라는 답이 돌아온다.

◀ 맨드라미

젊을 때는 내가 너무 많았고, 세상보다 내가 더 우월한 존재였다는 치기도 있었는데 어느 날 세상이 달라 보였다. 알고 보면 세상은 얼마나 서러운 것이냐. 세상은 이토록이나 아프고 힘든데 나 하나의 슬픔에 이리 연연할 것은 무언가. 내 개인보다 세상과 같이 아픈 것, 세상의 아픔에 같이 울어주고 같이 슬퍼해주는 것. 그래서 그의 그림들이 그리도 많은 흐릿함과 슬픔이 배어 있겠구나 하는 생각이 절로 들었다. 도대체 세상에 출몰할 것 같지 않지만 그는 소위 진보 편에 서 있다. 그래서 노동당원이다. 세상과의 연대를 당연하고도 지고의 가치로 여기는 이로서는 달리 선택의 길도 많지 않았을 것이다.

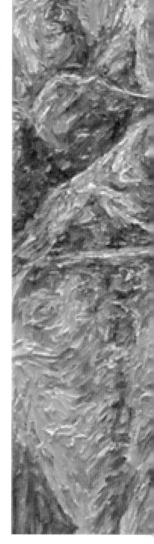

　　잠시 뒷문을 열고 그가 심었다는 대밭 울타리를 바라보았다. 대나무가 룽따였다(?) 마침 부는 바람에 대밭에서는 푸른색이 묻어날 듯 바람을 가르는 댓잎의 멋진 소리가 울려 퍼졌다. 아마 그때도 그랬을 것이다. 2019년 4월의 산불 말이다. 옷가지만 입고 몸만 겨우 빠져나왔다고 한다. 가장 아까워 한 것은 <그 꿈들>을 비롯한 초기작들이었고 그해 5월에 예정됐던 전시회를 위해 그려놨던 신작 40여 점이 빛도 못 보고 사라졌던 것이다. 그때 심정을 물어봤더니 희미한 웃음을 짓는다. "고통스러웠죠, 그런데 세상에는 이보다 더 큰 고통을 갖고 사는 사람도 있고, 그림이 아니라 몸 어딘가가 탄 사람들도 있을 것인데 여기에 비하면 지금 내 아까움은 아무것도 아니란 생각이 들었어요." 보통 같았으면 몇 날 며칠 울고불고 속상했을 일을 그저 사흘 속을 끓이고 남의 일처럼 치워버린다. 그러고는 맑은 날이 이어졌고 이재민 구호 주택에서 옹색한 티도 내지 않고 그림을 그렸다. 그리하여 다시 40여 점의 그림을 그려 21년 3월 서울 종로 금보성 아트센타에서 3회 개인전을 열었다. 꼭 이 년씩의 터울이 나는 셈이다.

속초시 인구는 줄고 있지만 아파트와 세컨 하우스 개념의 고급 주택은 늘어나고 있다. "속
초는 원래 어촌이었어요. 지금은 없어진 명태, 오징어 등등을 잡으며 바다에 기대서 살던 곳, 그
런 곳이 이제 기후변화로 쇠락하고 있지요. 젊은 사람들은 먹고살 게 없어졌고 영랑호 다리, 설악
산 케이블카 등 난개발로 우리 환경을 망구지 말았으며 좋겠다." 처음의 수줍음은 다 사라지고
"오늘 나 말이 많네"라며 어눌하지만 구수한 어투로 이야기를 이어간다. "이런 개발들이 결국 우
리 모두를 파괴할 것이라는 생각이 들었지요. 그래서 시민 활동을 하시는 분들이 속초 시민들과
함께 속도가 느려도 조금씩 조금씩 옳은 방향으로 하나씩 바꿔나가기를 바라고 있습니다."

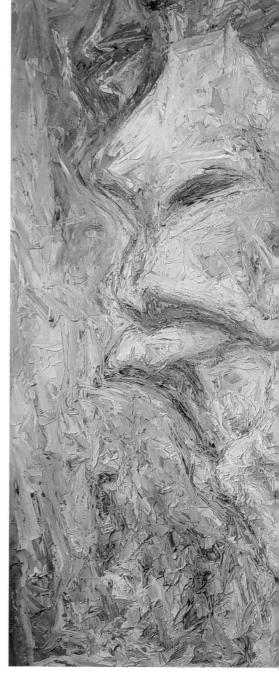

양양장3

그녀의 이야기를 떠올리며 그림을 본다.
<양양장 3>이라는 이름의 손 그림. 굵고 투
박한 관절이 삐죽삐죽 튀어나온 험한 손. 어
떤 인생도 결코 단색이 아니었던 듯 어떤 색깔
도 어찌 하나의 색만으로 이룩되었으랴. 검음
에도 흰색이 섞여 있고, 푸름에도 붉은 햇빛
이 녹아들었을 것이다. 우리 삶도 이와 같아서
그가 그린 손은 가는 나이프로 수도 없는 빗
금으로 그려진다. 양양장에 나와 나물을 파
는 할머니의 손이다. 오래도록 찌든 세파에 짐
짓 서러움도 있을 것 같은데 따뜻하고 활달한
할머니의 손, 그 손을 그리고 싶었다. 손이 말
하고 싶은 것이 있을 것이다. 얼굴이 그 삶을
말하는 것처럼 손도 삶의 이력을 증거한다. 푸
르고 싱그럽던 노동에 닳은 손. 얼굴의 주름
들, 물고기의 비늘 등등이 그의 마음을 두드
린다.

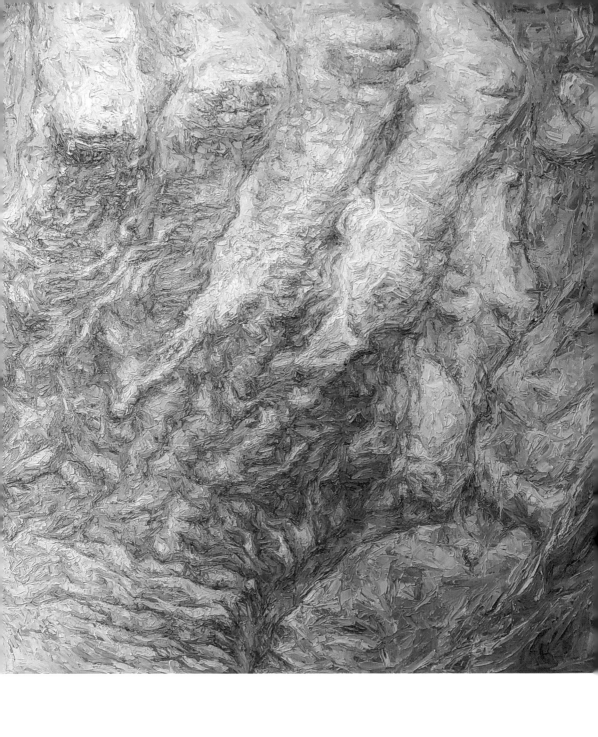

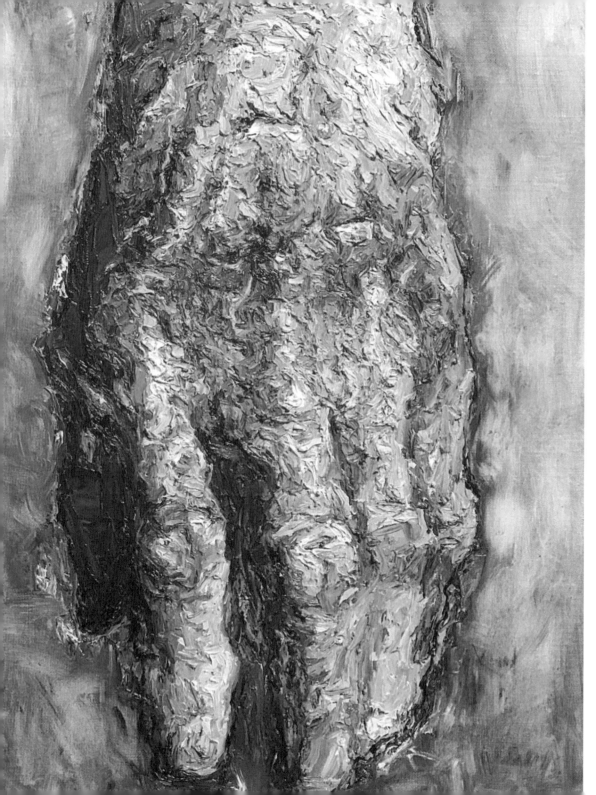

◀손

　"우리 인생은 어느 날 화사하게 피어나는 순간이 있을 거라고 봐요. 슬프고 고단하고 지난한 고통의 시간 속에 아주 잠깐, 화사하게 그 순간은 너무 짧지만 바로 그래서 인생일 거라 봅니다. 그래서 제가 노동당원으로 있는 것 같아요. 노동의 가치가 정당하게 인정받고 먹고살게 된다면 아마 세상은 슬프지 않을 것 같아요. 이런 문제를 많이 생각합니다. 자본주의의 체제에서 살아가는 힘없는 사람들과 함께 겪어내고 위로하고 위로받는 그림, 이게 제가 그림으로 할 수 있는 일이라고 생각합니다."

대략 두 시간여 이러저러한 이야기를 나누었다. 아무런 첨가물이나 MSG를 타지 않은 대나무 잎을 울긴 차를 먹은 것처럼 깨끗하다. 그의 배후에는 어떤 자본이나 정치 경제가 아닌 설악산에서 불어온 바람 정도가 있을 듯하다. 하기사 이미 돌멩이나 골목, 물고기들이 그에게 말을 걸고 그리라고 시킨다고 하는 참이다. 우리네 생태계에서 얼마 남지 않은 멸종 위기의 희귀종을 보는 느낌이다. 오로지 자신의 붓과 땀을 믿고 오로지 자신의 걸음을 걷는 이들만의 자신감이 느껴진다. 스스로를 위리안치시키고 캔버스와 대결하는 사람, 세상의 허위와 세상의 폭력에 맞서 그 큰 슬픔의 눈물을 울어줄 그림을 그리는 사람, 이미 지금까지 이룬 정신과 그림이 높은 경지에 이르렀건만 그의 건강과 더 큰 성취를 기원한다. 이 땅의 작고 힘없는 것들에 대한 슬픔을 대변하는 이들은 꼭 성공을 거두어야겠기 때문이다. 힘내라!

그리움도
돌에 새기면
꽃이 된다

김주표

1958년 춘천 생. 강원고등학교 졸업.
문화예술 쪽 관심이 많아서 이외수, 이남이 선생 등과 교류. 전각 독학.
달라이 라마 등 유수의 명사, 문사들이 그의 전각 도장을 애용하고 있음.
한국전문인 전각 예술부문 대상(2019년).

돌은 딱딱하지 않다. 돌은 부드럽다. 돌은 눈에 들고 마음에 차는 순간 순한 질료가 된다. 그렇지만, 돌은 지구상의 무엇보다도 단단하고 오래간다. 그토록이나 화려했던 꽃과 잎과 나무와 물이, 단단했던 마음조차 낡고 썩어 진토가 되어 다른 것으로 변하도록 돌은 그 자리에서 자신을 버틴다. 처음의 자세에서 조금씩 희미해지지만, 쉽게 사라지지 않는다. 그래서 사람들은 돌에 자신의 이름을 새기고 사랑을 새기고 글을 새긴다. 아침이슬만큼이나 짧은 인생이 서러운 까닭이나. 그내의 시고했년 마음이 소중하여 오래노록 산식하니픔이다. 그래서 돌이 마음에 들어왔다. 돌칼로 손이 패이고, 돌가루로 삼층 석탑을 쌓는 삶이 이어졌다. 돌은 그렇게 그에게 길이 되고 도가 되었다. 꽃보다 돌을 만지며 꽃보다 아름다움을 만들며 꽃보다 오래도록 환하게 사는 사람, 김주표 서각가의 이야기이다.

처음에는 아는 형들의 작업을 어깨 너머로 보다가 돌을 만지기 시작했다. 돌을 깎고 다듬고 하는 어려운 작업이니 남들이 쉽게 따라하지 못하겠다는 얄팍한 속내도 작용했다. 그렇게 시작한 일이 아침에 일어나 저녁까지 그저 돌을 깎고 파고 다듬는 삶을 만들어 놨다. 일 자체가 이유 없는 버릇이 된 것이다. 돌을 만진 지 30년쯤을 넘어 인생사 반을 차지하는데 어느새 깊은 주름이 새겨진 얼굴이 돌을 닮아가는 느낌이다. 인제 한계리, 한계령과 미시령이 갈리는 길목 윗 쯤에 자리 잡은 그의 공방은 작으나마 오랜 세월을 싸안고 있다. 작업장에 쌓인 오밀조밀한 작은 돌부터 어른 뱃구레 크기의 돌은 죄다 우리나라에서 나는 것들이라고 한다. 숭국놀이 값도 싸고 구하기도 쉽지만 그는 우리 돌만을 고집한다. 우리나라 돌이라야 칼 맛이 나고 뿐새도 깔끔하게 나와 다른 것은 쳐다보지도 않는다고 한다. 주로 영월 쪽 돌을 썼는데 이젠 채석장이 문을 닫아 그것도 어려워졌다며 아쉬워한다.

전각은 작은 도장 위에 글자나 그림을 새기는 것이기에 방촌(方寸)의 예술이라고도 한다. 방촌이 사방 한 치쯤이고, 한 치가 3cm쯤 되니까 주화 500원짜리쯤의 크기인데 기실 이것은 무척 큰 편엔 속하고 대개는 손톱보다 작은 표면이기 십상이다. 기왕에 좁쌀 하나에 우주가 있다는 말도 있는 터이고 실제로 반야심경 전문을 쌀알에 새겨 넣는 전례도 있는 만큼 언제나 문제는 마음이겠다. 작업의 특성상 마스크를 쓴다고 해도 매일 돌가루를 들이켜야 하는 것인데 그는 이에 대해 "내 안에 돌탑을 쌓고 있다"며 너털웃음을 터뜨린다. 실제로 그의 작업실 선반 뒤쪽으로는 돌가루가 한 됫박 쌓여 있다. 그리고 보니 작업실 벽과 바닥에도 미세한 돌가루가 흰 눈처럼 깔려 있다. 그것을 보는 내 눈치를 봤는지 그는 "돌가루가 내 밥이지. 힘들어도 이거 아니었으면 어찌 살았을까" 하는 생각이 자주 든다고 한다. 말하자면, 그에게 미세먼지는 이미 일상 기후가 된 생활이었던 것이다.

그는 고아원에서 자랐다. 힘없고 어리석고 서러웠던 우리 현대사의 생채기인 셈이다. 외롭고 서러웠지만 그래도 끼니를 굶지 않고 잘 자랐으니 고마운 일이라 한다. 단지 밥을 원껏 먹는다는 이유로 농구와 유도를 하며 중, 고등학교를 다녔다. 그러다가 무슨 전생의 약조처럼 알게 된 이외수 형과 의형제로 지내던 김봉준 형을 따라다니다 전각에 눈을 떴다. 인제 천도리에서 4대째 돌작업을 하던 고 김봉준 선생은 무월당(舞月堂) 작업장에서 석공예를 예술의 수준으로 끌어올렸다. 특히 그가 만든 전각은 청와대에 납품이 됐고, 외국에서의 주문도 끊이지 않았다고 한다. 그렇다고 따로 사사를 받거나 히지는 않았디. 흘로 전서 책을 들여디보고 시행착오를 겪으며 글씨가 박힐 때까지 쓰고 깎았다. 지금도 그는 주문이 들어오면 바로 작업에 들어가는 경우가 별로 없다. 주문한 사람과 이름과 글씨가 어우러져 어떤 상이 맺힐 때까지 몇 날이고 먼 산을 바라볼 뿐이다. 그러니까 칼을 들면 이미 어떤 형태가 완성됐다는 신호라 보면 되는 것이다.

그렇지만 돌은 만만하거나 녹록하지 않다. 돌에도 무늬가 있고 결이 있고 심이 있다고 한다. 결 따라 무늬 따라 달래가며 살살 작업을 하지만 심을 만나면 그야말로 전심전력을 다해야 한다. 99퍼센트 잘 진행을 했다가도 여기서 돌의 이가 나가거나 하면 그때까지 작업이 물거품이 되기 때문이다. 재수가 없으면 강철보다 강한 금강석 부위를 만나 칼이 부러질 때도 있다. 그는 전각이 아직 전문 예술의 반열에 오르지 못한 것이 안타깝다고 한다. 흔히 전통 예술로 불리는 분야가 공예 수준에 머무는 까닭은 창조성의 결여에서 온다고 생각한다. 지금까지 선대의 체본이나 성취를 놓고 복제나 답습에 만족하는 전각의 전통이 이런 결과를 자초한다고 보는 것이다. 예를 들어 인장 분야의 기술이 시각 형상을 이끄는 디자인이 돼야 할 것이고, 이를 위해 이 분야 종사자들이 더 땀을 흘려야 한다고 목소리를 높인다.

이외수
에세이

이외수 에세이

자백은 나의 힘

자백은 나의 힘 - 김주표 낙관

가장 위대한 응원군은 바로 나 자신입니다!

'소통의 아이콘' 이외수가 인생을 즐기는 긍정 메시지

해냄

그래서인지 그의 낙관은 독창적 형상화 등으로 많은 예술인들의 각광과 사랑을 받고 있다. 몇 년 전 중국의 반대로 방한이 불발된 달라이라마도 그의 전각을 쓰고 있으며 탤런트 구혜선, 트위터 대통령으로도 불린 이외수 뿐만 아니라 이호준 여행작가, 하창수 소설가, 송승호 화백, 손종수 시인 등 분야를 망라하여 예술가들의 특징을 그 작은 공간에 함축한 낙관을 파서 찬탄을 사고 있다. 당연히 각계 명망가들의 주문이 줄을 잇고 있다지만 그의 작업은 느릿느릿 이어질 뿐이다. 자기가 판 낙관을 보고 좋아하는 사람들이 보람이고 기쁨이지만, 누구나 원한다고 낙관을 얻을 수는 없다고 한다. 아무리 스펙이 좋고, 직위가 높아도 잘난 척, 사기만 아는 부류들은 칼에 힘이 안 들어간다고 하니 세상에는 돈으로 안 되는 일도 있는 법이다. 어떻든 돌을 고르고, 운반하고, 자르고, 파고, 다듬는데다가 이런 공정을 하기 까지 준비해야 하는 보이지 않는 수고로움까지 그야말로 이런 전인적 시점의 전천후 핸드 메이드가 없는 셈이다.

그의 설명을 들으며 언뜻 돌백정이란 말이 떠올랐다. 표현이 좀 상스럽기는 하지만 나로서는 이에 걸맞은 다른 단어를 찾지 못하겠다. 돌의 형상을 보고 결을 따라 무늬를 살리고 심을 발리고 형태를 해체하고 새로 창조하는 작업이지 않는가. "그렇다면 전각쟁이는 돌백정이라 봐도 되는가요?"라는 우스개 삼은 질문에 그는 허허 웃으며 과히 틀린 말은 아니라고 한다. "전각은 그동안 작업 과정에서 생기는 요철(凹凸)부분 때문에 음각, 양각이 자연스레 형성되고, 이 관계를 따라 천지인(天地人), 64괘(卦) 도상(圖象), 하도(河圖)와 낙서(洛書)적 구조와 맞물려 고대 동아시아의 철학과 연결되고는 했지만, 결국 심미적 아름다움이 아니었으면 살아남지 못했을 것"이라고 한다. 즉 낙관은 서예든 그림이든 그 작품의 마침표 역할을 해왔다는 것이다. 아무리 글이 좋고, 글씨와 그림이 좋더라도 낙관이 어울리지 않는다면 가치는 이내 떨어지는 것이니, 예로부터 문사들이 좋은 낙관을 그토록 찾아왔으며, 여의치 않으면 직접 파기까지 하는 극성이 전통이 되는 연유가 있었다는 것이다.

그날

이주자천

아버지를 땅속에 파묻고

오던 날 나는

밥을 먹었다

고

세월은 경험을 많이 쌓게 하지만 동시에 심신도 갉아먹는다. 나이가 들수록 눈도 더 침침해지고, 손아귀의 힘도 부칠 텐데 걱정이 되지 않느냐? 이 작업을 계속할 것이냐는 질문에 그는 "당연하다. 나는 돌을 더 알고 싶다. 그러다 힘이 부치면 칼을 손에서 놓으면 될 일"이라고 간명하게 대답한다. 어찌 보면 우리 먹고 사는 일이 이 세상이라는 연자방아를 돌리게 하는 교묘한 안배가 아닌가 싶다. 아침을 먹으면 당장 저녁을 걱정하는 게 특히나 지상 동물들의 일상이 아닌가. 그러자니 보다 안정적이고 장기적인 먹거리 시스템을 마련하고자 조직을 만들고, 상징을 만들고 애를 쓰다보니 청춘이 다 가버리고… 우리는 이런 것을 사회라고 부르고 인생이라 부르지 않는가. 그러니 먹고산다는 공통의 숙제는 사회를 움직이는 원동력이 되는 것이다. 어쩌랴, 우리 모두는 연자방아를 돌려야 하는 운명에 매달려 있고, 그러자니 저 패인 관절뿐인 손이라도 그렇게 아름답게 보이게 되는 것이다.

　　돌은 가볍지 않다. 그의 작업장은 어디보다 고요하고, 돌과 연장들도 가만 침묵 속에 놓여 있다. 돌은 수다를 모르고 묵묵하였다. 그렇지만, 외로운 때나 심심할 때도 늘 곁에 있어주었다. 그렇게 그는 돌이 되었다. 그리고 보니 돌은 말뽄새도 도를 닮았다. 그의 말대로 돌에 글씨를 새기는 일은 돌에 마음을 심는 과정과 다를 게 없을 것이다. 그는 '이제부터'라고 말한다. 미지의 길은 가슴 설레는 일이지만 그만큼 힘들고 외로운 길이기도 하다. 한편 돌의 결을 만지며 삶의 도를 알아가는 그를 바라보는 일은 또 얼마나 행운인 것인가. 아픈 시간을 오래도록 견디며 만지고 견디며 만져서 마침내 둥근 돌을 만든 그 달빛 같은 마음이 한세상 환하게 비추기를 기원한다.

가끔 들어오는 큰돌 작업 모습

국밥에
소주 한 병 같은 그림,
예술이 주는 위안

김진열

1952년 강원도 강릉 옥계 생.
홍익대학교 응용미술학과 졸업.
제2회 박수근미술상 수상(2017년).
상지영서대학교 총장 역임(2017. 11~2020. 2).
현재 상지대학교 석좌교수.

'만약 그림에 메시지만 있고 본연의 즐거움, 즉 미적 쾌감이 없다면 그것은 미술이 아닐 것이다'라는 생각이 든 것은 원주에 있는 김진열 화백(이하 김 화백)의 작업장을 찾아가는 길 위에서였다. 노동자들의 노동을 귀히 여기는 작품을 만드는 그의 작업실은 근처의 공장들과 연이어 있어서 묘한 긴장감이 들었다. 인사를 드리자 커다란 덩치에 예의 투박한 손을 내밀고 환하게 웃는다. 문득 장난기 많은 악동이 떠올랐나. 작업실에는 그의 형상미술을 위한 재료가 쌓여 있는데 흡사 철공소를 떠올리게 한다. 종이 수십 겹을 풀칠해 압축한 바탕 종이는 돌처럼 무거웠고, 남해안의 섬 연도에서 주워온 녹슨 철판도 여기저기 쌓여 있다. 무엇 하나 웬만한 장정이 들기도 버겁다.

차를 한잔 타오겠다며 자리를 떠난 사이 작업실 안쪽을 둘러보니 어디에도 예전에 대학교 총장을 지냈다는 권위나 그런 표식이 안 보인다. 이윽고 투박한 잔에 차를 타 온 김 화백에게 그냥 지금까지 살아온 이야기를 해달라고 하자 "뭐 그냥 살아왔지요" 하며 아무런 사심이 없는 웃음을 짓는다. 나무 등걸 같은 웃음은 투박하지만 강건하다는 인상을 주었다. 그러고 보면 그의 손끝에서 나온 작품들 거개가 강렬하고 억센 오브제로 강하다는 느낌을 준다. '형상미술'이라는 분류가 따로 있는지도 처음 알았지만, 드렁칡이 엮이듯 이렇게 '소재가 갖고 있는 기운을 밖으로 끌어내어 빛을 내주는 작업도 흔치 않은 경우겠다'라는 생각을 했다.

그는 고향이 강릉 옥계라고 한다. 강릉에서 중학교까지 나오고 부모님의 권유로 서울로 무작정 유학을 했다. 대부분의 미술가들이 그랬듯 그도 미술을 좋아했고, 미술 선생의 추천으로 미대를 진학했다. 당시 서울 광성고 미술 교사였던 이건용 선생은 "학교 다닐 때 얼마나 말랐던지 뼈에다 옷을 입혀놓은 것 같았는데 유난히 진지하고 열정적이었다"라고 회상한다. 그는 특이하게도 회화과가 아니라 응용미술학과, 즉 디자인을 전공했다. 왜 회화과를 안 갔냐 물었더니 특유의 걸쭉한 답이 이어진다. "지금 생각해봐도 디자인과를 간 것은 잘했다고 본다. 도제식 연마는 자칫 지도 교수의 그물에 갇히는 수가 많기 때문이다. 이런 면에서 나는 '무학의 유능'을 얘기한다. 아무 선험적 경계가 없는 나만의 발현이 진정한 예술의 시작이기 때문이다."

◀귀로, 오마주

그는 제2회 박수근미술상 수상자이기도 한데 수상 소감에서 "박수근 선생님의 그림 속 어머니, 할머니, 누이의 모습을 통해 모성(母性)이란 것이 아픔을 외면하지 않는 본질을 갖고 있음을 새삼 느꼈다. 이 모성성이 제가 화폭에 담아온 자연의 모티브이기도 하다"며 "밀레가 품은 노을의 거룩함, 고흐가 찾은 작렬하는 한낮의 열기, 박수근이 머금은 따뜻한 봄빛, 이들이 세상의 아픈 곳을 향해 그림으로 동행한 그 삶에 함께하겠다고 마음을 먹었다"라고 말했다. 그가 빚고 있는 소재는 대단히 거칠고 무뚝뚝하지만 그는 밀레, 고흐, 박수근의 따뜻함과 열정과 거룩함을 이야기한다. 그만큼 그 뚝뚝함의 내면에는 이런 섬세한 피가 흐르고 있다는 증명이리라.

가만 생각을 해보니 그의 작품들은 한국 사람만이 갖는 짧고 굵은 신체 특성 요소를 오히려 강조하듯이 표현해왔다. 짧고 굵은 몸은 일생을 노동에 바쳐온 사람들의 특성이어서 소외된 민중의 일상, 쉼 없이 노동하는 이들이 전면에 선다. 노동하는 사람들, 해방을 기다리는 민초들의 목마름이라 아무리 생각을 해봐도 가볍거나 호사가식으로 표현되기는 어려운 주제이다. 왜 이 묵직하고도 칙칙한 소재를 갖고 일생을 밀어 올렸는지 궁금해졌다. 김 화백은 "시뻘겋게 녹이 슨 금속의 질감은 노인의 얼굴이 되고, 때로는 흙으로 돌아가는 나무 둥치가 되는데 모든 생명과 사물이 자연으로 회귀할 때 하나의 결이 되는 걸 표현했다"며 "그 든든한 무게감과 촌스러움의 투박한 존엄을 즐긴다"고 설명한다.

161

　　지난 박수근미술상 시상식에서 또 하나 화제가 된 것은 그날 수상식장에 김 화백의 이웃인 강원도 원주시 '절골 경로당' 어르신 20여 명이 참가했다는 사실이다. 김 화백의 거리 드로잉 연작인 <들숨과 날숨>은 도화지 8,000장을 이은 설치 미술로 이 대목에 절골 주민 수십 명이 주인공으로 등장했다. 전시장을 둘러보던 절골 사람들은 "저기 내 얼굴 있다"며 기념 촬영을 하면서 김 화백과 한동네 사는 기쁨을 누리는 진풍경을 연출하기도 했다. 그래서 평소 지역민들과 자주 어울리느냐 하고 물었다. 그러자 "지난 1996년부터 원주 환경련에서 환경운동을 생명문화운동으로 전개하면 좋겠다는 생각으로 시민들과 함께 '생명미술시민작가회'라는 타이틀로 20여 년 동안 생활 미술 활동을 도왔다. 생활 속에 녹아나는 미술, 미술을 통해 삶이 고양되는 사회를 꿈꾸며, 원주의 지역 문화로 알려진 생명 문화와 지역 시민사회가 결합하는 생활미술운동에 대해 함께 공부했다"고 얘기한다. 2017년 '생명미술시민작가회 20년, 원주시민미술운동 20년' 등 간단한 자료집을 내기도 했다.

그는 특히나 생명 문화 쪽에 큰 관심을 갖고 있는데 이것이 빈 쭉정이 같아 안타깝다고 한다. 그래서 그의 시외버스 터미널 연작 시리즈에 대해 물었다. "시외버스 터미널은 세상의 변방입니다. 시외버스 터미널은 정착이 없는 사방으로 흘러가는 곳입니다. 원주나 지역 소도시들도 사방으로 흩어지고 찢어지는 동네이긴 마찬가지입니다. 정신없이 질주하는 산업 사회의 중심부에서 소외되어 있되 결국 그들이 우리 사회의 흔들리지 않는 뿌리이고, 요새 말로 느림이 있는 그런 장소이지요. 그들은 바로 우리들의 외삼촌, 나와 무척 비슷한 사람들이라는 친밀감을 갖게 되었습니다. 우리의 근대와 산업화 과정에서 '변방'으로 밀려난 존재늘이고 경제적으로도 세련되지 못하지요. 대부분이 피해 의식에 사로잡힌 노인들, 여자들입니다. 우리 사회, 현실의 모순을 총체적으로 집약하고 있는 존재들인 만큼 이들이 행복해져야 세상이 살 만해지고 이들이 깨우쳐야 세상이 깨우친다고 생각합니다. 그리고 그것은 결국 나와 이웃들의 모습이기도 합니다."

　　그의 시외버스 터미널 연작 시리즈는 터미널에서 직접 드로잉을 해서 원주 한지와 합지에 잘라 붙여나가는데 그 형태들이 엉켜서 만들어내는 구성이 제법 흥미롭다. 차제에 그는 세상에서 가장 취약한 현실에 놓인 여성들과 아이들의 현장, 디아스포라의 삶을 추적해보고자 한다. 이런저런 이유로 피난에 나선 사람들의 현장을 찾아보고 그들을 그리고자 하는 꿈을 이야기한다. 우리 사회의 폭력에 가장 취약한 아이들과 여성들은 우리가 다시 세상의 평화를 회복할 때 가장 먼저 우리를 치유하고 껴안기 때문이다. 그는 아내인 이정숙 미술 치료사와 함께 2008년부터 자폐아들의 미술 치료 자활 프로그램을 진행하여 인사동에서 전시회도 열었다. '생생활활'이라는 캐치 플레이즈는 이 모든 것을 내포한다고 할 것이다. 그는 누구보다도 예술의 공공성과 이로 인한 세상의 연대와 통합에 대한 꿈을 꾸고 있는 것으로 보인다.

별이 흐르는 동해

그래서 한편으로 지역에서 일하는 어려움은 무엇인가 하고 물었다. "강원도의 풍토나 심성은 재미나게도 예술가와 맞는 것 같다. 이것은 아마도 첩첩산중이라는 자연환경도 영향을 준 것 같은데 혼자 하는 것은 익숙한데 뭐랄까 같이하는 것, 협업 내지 사람과의 관계에는 미숙한 것 같다. 비가 안 오면 하늘만 쳐다볼 게 아니라 근처 사람들과 모여 우물을 파야 하지 않겠는가? 그래서 대학에서 학생들을 가르치며 원주의 '생명미술시민작가회' 회원들과 현장을 찾아서 벌였던 '동강댐 반대 운동'은 시민미술운동의 중요한 전범이 되었다. 원주는 협동조합의 모범이 된 만큼 성숙한 시민 의식이 자리하고 있는 곳이기도 하다. 조금 성기고 거칠지만 그렇게 지역과 나의 삶을 함께 결합시켜 살려고 노력했다"며 웃는다.

　"얼핏 이런 생활 미술이 촌스럽고 시시한 것 같지만 기실 우리는 하찮고 서툰 것의 존귀함에 대해 알아야 한다"며 목소리에 힘을 싣는다. "서툰 것에는 초심이라는 떨림의 긴장감이 있지요. 새싹이 대지를 뚫고 나올 때의 긴장감, 그 파동, 그 시작, 그 반반의 가능성에 신묘함이 깃들어 있죠." 함께 마주보며 피어나는 보잘것없는 풀꽃들, 그 촌스러움은 단지 익숙하지 않은 자연 그 자체입니다. 생명과 자연의 원형질, 그 투명성, 투박한 대지를 향한 동경은 김 화백 미학의 근본인 듯 보인다. "대교약졸, 인공적으로 미끈하거나 스마트하지 않은 것, 여기가 제 미학의 출발점입니다. 그래서 저는 서로 부족한 사람들과 더불어 소통하며 가고자 합니다. 어떤 한 사람의 가치나 주장이 아닌 함께 공감하는 합치점을 마련하고 이를 향해 가는 것이 학습되어야 합니다. 바로 그 모습이 생생활활이요 자연다움이기 때문이다."

170

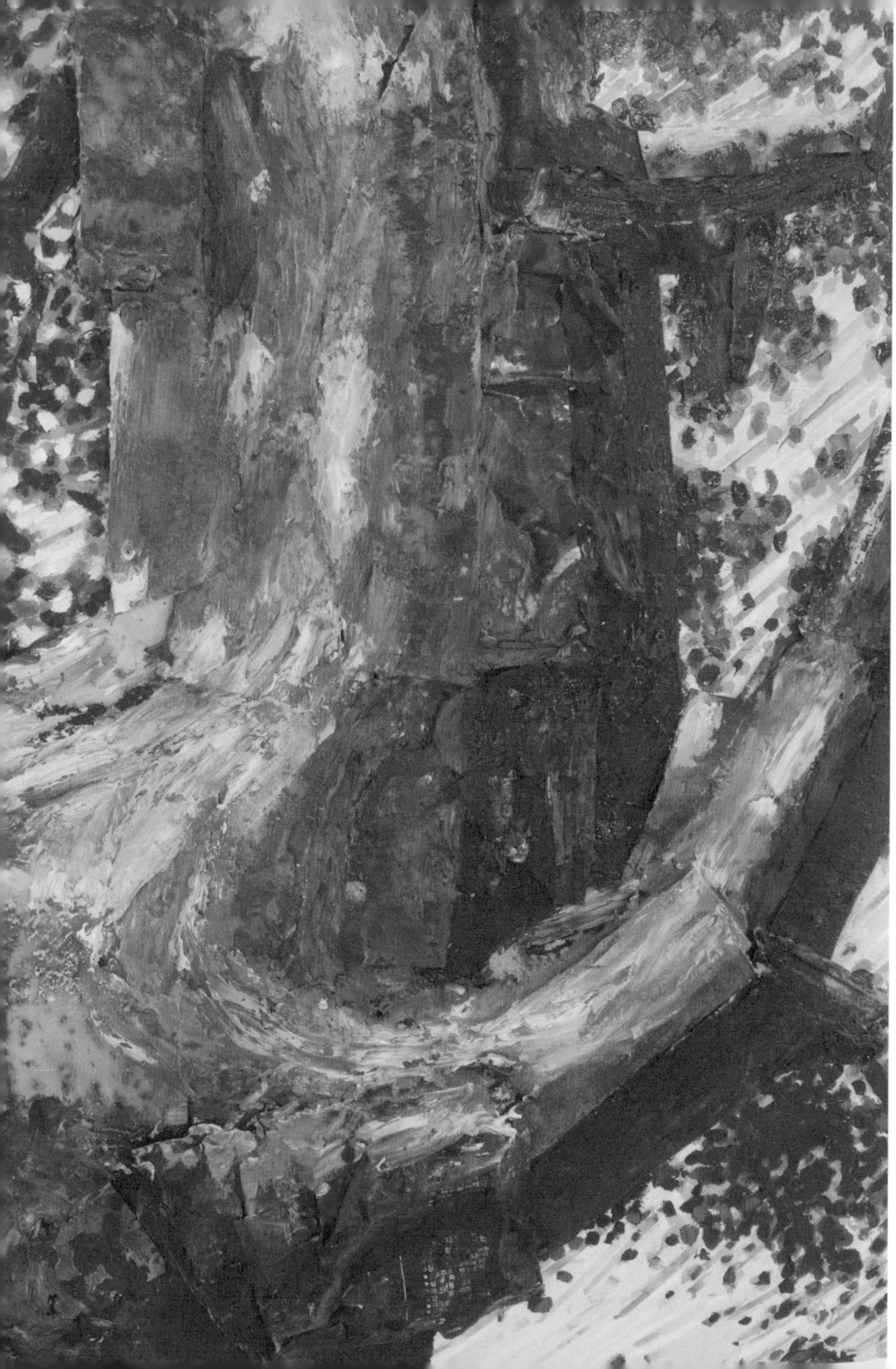

불휘 깊은 나무

김 화백은 또한 올 봄 그가 속해 있는 '절골 경로당'의 회원들이 중심이 된 '절골가족단위마을미술전-어르신' 생생활활 '역할찾기'전을 준비한다. 코로나로 세 번 연기된 끝에 오는 7월 6일 원주문화원에서 개막한다. 동네 구석구석 돌아다니며 사진 찍기, 홀로 꺼내보던 아이들의 돌 사진과 결혼사진, 본인의 한창 시절 추억의 사진 전시하기, 정갈한 빨래 솜씨는 물론 닳아 반들반들힌 농기구 전시하기 등 구석구석 알뜰실뜰 인생과 자신의 역사를 전시해보는 것이다. 더 이상 퇴물이 아닌 가정의 주체로, 동네의 주인이자 원로로 역사의 증인으로 당당한 존재를 증명하는 것이다. "어르신 한 분 한 분이 박물관이다. 가족 구성원에서, 또한 마을 공동체에서 역할 회복을 고민하고 어르신들이 살아온 삶의 진정성을 돌이켜보는 전시"를 기획 중이라고 한다.

그렇지만, 평생 미술 작업을 하고 형상미술 쪽의 명성에 비추어볼 때 자신의 작업 스타일이랄까가 있지 않겠느냐고 질문을 했다. 그러자 "나는 작업 과정에서 무엇보다도 기분이 내켜야 합니다. 행위는 생각을 일으키는데 가위로 자르는 행위, 몸의 리듬, 호흡의 관련성에서 살아 있는 매력을 느낍니다. 뭐랄까, 클리어하고 명료한 분위기와 느낌, 동시에 덕지덕지한 투박함의 이질적인 감이 별개가 아니라 내 몸속에서 기묘하게 어우러지며 반응하죠. 그것을 그림으로 풀어나가는 것이기도 합니다. 두툼하게 붙여나갈 때 내 몸의 체적과 비슷하게 구현되는 물질감에서 사물과 생명이 안겨주는 원시적이고 투박한 신뢰감을 경험합니다. 산다는 것이 세상과 소통해가는 일이고 나를 세상에 던지며 그 반응을 풀어가는 것 아닙니까. 달팽이가 껍질에서 몸을 내미는 일, 내가 지지받는 활동, 그리고 나의 진실성에 관계하는 삶을 사는 사람들의 이야기를 하고 싶은 거죠. 그리고 저는 작업하는 이유와 살아가는 이유가 한 방향을 향하고 결국 한 덩어리가 되어야 한다고 생각합니다. 작가의 삶과 예술이 부조화라면 비극이 아닙니까?" 예전 교과서에나 배우던 지행합치가 별것이던가. 그렇지만, 아는 것을 실천하는 일이 이토록 어려운 법이다.

숨겨진 숨길

그는 자본주의 자체가 폭력이라고 생각한다. 물신주의라는 것이 자본, 즉 부의 축적을 미덕으로 상대적 가난을 초래하는 결국 야만적인 약탈의 구조이기 때문이다. 금력이 권력인 시대가 아니던가. 그는 이 돈, 이 탐욕적인 권력이 제대로 절제되지 않아 쏠림과 양극화를 해소하지 못하면 우리에게 미래는 없다고 얘기한다. 지금의 코로나 사태도 부재하는 욕망을 자극하여 상품의 주기를 계속 단축하고 소비를 미화하는 경제 시스템의 문제이고, 자연의 회복력과 균형을 파괴한 결과라고 한다. 대학과 대학원에서 광고를 전공했지만 그는 광고 산업을 가장 혐오한다. 과잉 욕망, 부재하는 욕망을 조작하는 생산과 무책임한 소비의 미화는 결국 지구를 쓰레기장으로 만들기 때문이다.

장자에 '포정해우'라는 고사가 나온다. 포정이라는 백정이 살과 뼈를 다치지 않고 소 한 마리를 해체하는 비유가 나온다. 지금 우리는 이 자본주의라는 시스템을 어떻게 잘 나눠 먹을 것이냐는 기로에 있는 셈이다. 이럴 때일수록 포정과 같은 멋진 지도자가 필요한 이유이다.

그와 이야기를 나눌수록 정말 이웃에 사는 큰형님을 뵙는 느낌이다. 자신의 경력을 내밀고 얼마든지 뻐길 수 있는 위치에 있음에도 "혼자 국밥에 소주 한 잔 먹을 때가 가장 행복하다"고 얘기하며 웃는다. 어쩌면 그도 이미 포정의 단계여서 소재가 갖고 있는 형질을 밖으로 부드럽게 나올 수 있도록 다루는 경지에 이르렀는지 모른다. 게다가 그것이 세월이든 쓸모이든 아무튼 세상에 버림을 받은 폐기된 사물에 내미는 그의 손길이라니. 김 화백의 '아래로부터의 미학'은 그가 말하듯 "정직성, 진실성은 정서적 체험이자 양심의 회복"일 터였다. 그렇지만, 더욱 필자를 감동시키는 것은 이 모든 철학이 말이 아니라 작품과 실천으로 구현되고 있다는 점이었다. 하여 그의 굳센 손아귀에서 만들어지는 따뜻함에 대한 기대 자체가 기쁨이 되는 순간이었다.

적막강산,
마음으로 그리는 세상은
더 밝고 따뜻하다

박환

문화예술진흥원 한중교류전(1998).
개인전 <빈자에게 바치는 헌사>(인사아트센터, 2012. 6).
KIAF(한국국제아트페어)(코엑스, 2013. 10).
2013년 10월 불의의 교통사고. 201년 8월 다시 그림 시작.
개인전 <눈을 감고 세상을 보다 박환 특별전>(Gallely Coop, 2017. 1).
KT&G 상상마당 춘천미술관 개관기념전 <개화 Brgin to Bloom>.
한-미 국제현대미술교류전 단체전(2018. 2).
KBS초대전(KBS춘천총국 갤러리, 2019. 4).

처음 그의 그림을 대한 것은 사고(事故) 전의 그림들이었다. 어둑한 골목길, 이끼가 낀 돌담 위에 견고하게 닫혀 있는 녹슨 대문은 보는 마음도 가라앉게 만들었다. 게다가 그 그림은 과문한 눈에도 지금까지 보지 못한 생경한 느낌을 주는 구도와 색감이었다. 어? 이런 화가가 춘천에 있었나? 그의 이름을 검색창에 띄우고 엔터를 누른 순간…… 하나의 영화 같은 이야기가 펼쳐진다. 그리하여 급히 그의 연락처를 수배해 전화를 했다. 생각보다 훨씬 명랑한 음성이었다. 그렇게 찾아뵌 곳이 퇴계동 어느 아파트였다. 한 눈은 마비되어 찡그린 듯 감겨 있었지만, 맑고 밝은 얼굴이었다. 집에는 그와 그의 여동생 식구가 함께 살고 있었다. 함께 사는 애완견도 있고 여느 집 풍광과 다를 게 없었다. 다만 거실을 작업실로 이용하는지 거실의 반 이상이 박환 화가의 작업 중인 그림들이 높고 낮게 이젤에 놓여 있다. 밝게 맞아주는 동생분이 커피와 사과를 내 주신다. 햇살이 쏟아지는 한낮 오후인데 뭐랄까 평화로운 기운이 무릎에 쌓이는 느낌이었다.

작업 중인 박희백

그는 정식으로 미술을 전공하지 않았다. 다만, 그림 그리는 것을 좋아하는 그에게 지인이 소개해 그림을 배우기 시작했는데 처음엔 만화 쪽 분야였다. 좋아하는 그림을 배운다는 생각에 열심히 하였으나 이상하게 맞지 않았다. 그래서 그만두고 다시 시작한 것이 동양화 쪽이었다. 이십여 명이 함께 그림을 그리는 도제 시스템이었는데 처음에는 그에게 먹만 갈게 했다. 몇 달을 먹을 갈면서 넌지시 어깨 너머로 선생의 그림을 보고는 저 정도는 나도 하겠다는 생각이 들었다. 그래서 어느 날 모든 사람들이 퇴근했을 때 그림을 그려 그림 뭉치에 슬몃 끼워 넣었다. 다음날 그림들을 보다가 누가 그린 것인지 체크를 해나갔는데 만약에 그 수준이 떨어지면 당연히 불호령이 떨어질 터였지만 그대로 통과였다. 이에 용기를 얻은 그는 실장에게 자신도 그림을 그리겠다는 의사를 밝혔지만 초보자라며 거절당했다. 하지만 계속 발전되는 실력과 의지에 실장은 허락을 했고, 이때부터 그는 전격적으로 그림을 배우고 익혀 나갔다.

군대를 다녀온 그는 미술대전에 도전하기로 했다. 그러자 주위에서는 어림없는 소리라고 비웃기도 했지만, 그는 동양화 부문에 도전해 최우수로 입선을 하였다. 그리고 그는 본격적으로 상화(商畵)를 그리기 시작했다. 여기서 상화란 순수 작품 이전에 돈을 우선적으로 벌기 위해 그리는 그림이다. 이후 한참동안 이 상화는 그의 생계를 책임져주었다. 아무 기초도 없던 그가 최고 권위의 미술대전에서 인정을 받자 주위에서는 물론이고 자신도 많이 고무되었다. 그는 차츰 상화를 그리는 데서 어떤 갈증을 느꼈다. 그렇게 동양화를 27년쯤 그리다 예술적 회의가 찾아왔다. 그러던 중 무언가 새롭고 남다른 것을 표현하고 싶었다. 이런저런 생각 끝에 나 자신도 모르게 뭘 표현하는지조차 모르게 새로운 것을 그리기 시작했다. 그것은 생전 사용해보지도 않았던 유화 물감… 즉 서양화였다. 전혀 의도한 바는 아니었다. 그때쯤 춘천으로 이사를 왔다고 한다. 그날도 그림의 방향 선환을 고민하며 골목을 다니나 버려신 상통 합판의 쪼가리를 걷어갔는데 무언가 자신도 모르게 이상하게 느껴져 그것으로 다가갔는데, 지금까지 생각할 수도 없었고 어디서 보지도 못한 아련한 형체와 색감이 그 속에 있었다. 오랜 세월에 바래고 번진 시간이 그려진 것이라는 생각이 들었다. 비로소 그의 그림 주제가 주어졌다는 생각에 쾌재를 불렀다.

911

  그는 합판 쪼가리를 주워 작업실로 갖고 왔다고
한다. 그의 오브제에 영감을 줄 것이었다. 그렇게 서양
화 물감과 붓으로 스승도 없이 그림을 그렸다. 백 장이
고 천 장이고 스스로에게 만족이 올 때까지 그렸다. 그
렇게 그린 그림 두 점을 들고 춘천의 원로 화백에게 선
보였다. 그러자 그 화백은 "이 색감을 어떻게 뺐나. 감이
좋다"라는 평가를 내렸다고 한다. 이에 자신감을 얻은
그는 춘천MBC '힘 있는 강원전' 단체전 등 여기저기에
작품을 내기 시작했다. 특히나 2012년 인사동 가나아트
센타 전시가 고비였다. 예상을 깨고 엄청난 인파가 몰려
들어 출입문을 닫아걸고 오픈식을 하는 진풍경이 벌어
졌다. 그의 붓질에 힘이 붙었다. 밤을 새우며 그림을 그
렸다. 그리고 이듬해 코엑스 아트페어에 참가했다. 유달
리 그의 부스에만 사람들이 줄을 섰다. 국내·외 작가들
도 그의 부스를 오가며 그림을 감상했다. 서양화 쪽의
신예였지만 그의 주가가 치솟았나. 밥 먹으러 가는 시간
도 아까워 삼시세끼 화실로 동생들이 밥을 날랐다. 매
니저도 붙고 그는 카드 넣고 돈을 뺄 줄도 몰랐다. 그림
외에는 바보가 돼갔다.

그렇게 모든 것이 한창 고양될 때 사고가 났다. 2013년 10월, 서울에서 춘천으로 오는 차가 정차돼 있던 트럭을 들이받았다. 조수석에 타고 잠을 자던 박 화백은 아무것도 모른 채 병원 중환자실로 실려 갔다. 그리고 그는 깜깜한 암흑의 세계로 내몰렸다. 머리가 풍선처럼 부풀고, 얼굴 뼈가 부서졌다. 몇 번의 수술이 이어졌다. 그의 수발을 도맡은 동생은 의사와의 면담 때마다 "앞이 보이지 않는 오빠에게 앞이 보일 거라는 희망을 얘기해 달라"는 쪽지를 보였다. 그렇게 몇 개월이 지났다. 몸은 아주 조금씩 현실에 적응을 했지만, 마음은 그렇지 못했다. 하루에도 수십 번 분노와 자책과 절망을 넘나들었고, 걸핏하면 죽고 싶은 마음뿐이었다. 당시 집에는 80세 노모도 함께 살고 있었는데 삼 남매는 유난히 사이가 좋아서 언제고 한 마을에서 살았다고 한다. 이때도 형과 동생의 조카들이 주말이고 평일이고 가리지 않고 일부러 놀러 왔다고 한다. 놀러 와서는 삼촌에게 끝말잇기 등 게임을 하자고 졸랐다. 다른 생각이 들지 않게 노력을 했지만 그 순간뿐이고 모두 물러가면 안과 밖이 다 공허하고 어두웠고 두려웠다.

그래도 어쩌랴. 동생의 손에 이끌려 장애인 학교도 다녔다. 식사하는 법, 화장실 사용법, 지팡이를 짚는 법, 걷는 법도 배웠지만, 주로 침 놓는 것 등 본인이 좋아하지 않는 것이 주된 것이었다. 동생도 따라서 장애인의 심리와 신체가 달라지는 영역, 옆에서 같이 걷는 법 등을 배웠다고 한다. 그렇지만, 점자는 도대체 배워지지가 않았다고 한다. 나중에 실명을 하는 이들이 흔히 겪는 어려움이라고 한다. 몇 번의 안면 보정 수술과 치료도 끊이지 않았다. 그러고는 박 화백은 자신은 결코 앞을 보지 못할 것이라는 사실과 마주해야 했다. 참담했지만, 동생은 오빠가 움직여야 하기에 그를 밖으로 이끌었다. 동생의 손을 잡고 걷기 시작했다. 사람들은 얼굴에 실밥과 흉터가 있는 그를 몬스터 보듯이 보았다. 동생은 그 시선들에 의연했다. 오빠가 감당해야 할 길이었기에 자신부터 씩씩하자고 했다. 비가 와도 나갔고 눈이 와도 나갔다. 멀쩡할 때 다녔던 식당에 가서 짜장면도 먹었고, 된장찌개도 먹었다.

그럼에도 집에 있으면 하루 종일 소파에 앉아 있는 그에게 어느 날, 동생은 그림을 그려보라고 했다. 그는 벌컥 화를 냈다. 동생이 놀리는 것 같았다. 세상이 원망스럽고 살맛이 없는데 무슨 장난을 치는 것이냐 눈물이 흘렸다. 그 눈물이 마르자 동생은 다시 작은 목소리로 말했다. 화를 내며 내쳤다. 몇 번이나 반복되는 실갱이였다. 그냥 이름을 써보라고 했다. 애국가를 써보라고 했다. 글씨는 엉망진창, 줄도 삐뚤빼뚤이었다. 그래도 동생은 오빠를 칭찬했다. 지루했던 하루가 금방 지나갔다. 그는 집요했다. 한 번 발을 들이면 끝장을 보는 성격이었다. 글씨만 쓰다가 조금씩 그림을 그리기 시작했다. 그게 2014년 여름쯤의 일이었다. 2년쯤 지나자 유치원생 수준의 그림이 나왔다. 동생은 고마웠고 오빠를 칭찬했다. 박 화백은 무언가 마음속에 뜨거운 것이 들어차는 느낌이었다. 사고 전에는 그림이 고마운 줄 몰랐는데 사고 후 어둠 속에서는 비록 그 그림을 볼 수는 없었지만 무언가 소중했다.

그렇게 사고 3년 반 만인 2017년 1월, 갤러리 쿱(Galley Coop)에서 개인전 <눈을 감고 세상을 보다! 박환 특별전>을 열었다. 관객들의 탄성이 있었지만 스스로도 신기했다. 자신의 손가락이 색을 읽고 색을 보는 느낌이었다. 전체적인 구도를 실로 잡아놓고, 바위와 나무 등 질감에 맞는 청바지 등을 오브제 삼아 물감을 배합해나갔다. 때로는 동생이 청소하다가 물감의 순서를 바꿔놓으면 난리가 났다. 자신의 이젤과 물감과 오브제가 어디에 무엇이 놓였는지 사진을 찍어 놓은 듯했다. 다만 막 작업한 그림의 물감이 마를 때까지 기다려야 해서 그 시간을 아끼려 옆의 다른 그림을 이어 그렸다. 그렇게 한꺼번에 6~7점의 작품을 한꺼번에 그려나갔다. 그렇다고 속도가 빠른 것은 아니었다. 하나하나 구도도 색감도 공정도 달라서 손을 씻고 다시 물감을 개야하기 때문이다. 이야기를 들으며 마치 바둑 고수가 두는 다면기 같다는 생각이 들었다. 어떻든 박환 화백의 작업장은 일견 보기에 어질러진 난장판으로 보였지만, 자신의 가동거리 안에 최적의 효율적 공간으로 배치된 것이다.

기다림 2

기다림3

아무리 작품마다 외운다지만 이 작업을 혼자 하느냐?고 바보같이 물었다. 그러자 "물론 혼자 한다. 누구에게 물어봐도 내가 정확히 알 수 없는 것이고 정상적인 사람과의 차이점이 있는 것이기에 물어본다 해도 정확하게 캐치할 수가 없다. 하지만 전체적인 것과 흐름에 대해서는 가끔 물어본다. 안 보고 어찌 다 알겠나" 하며 사람 좋은 웃음을 짓는다. 지금 작업실에 놓인 그림을 보자면 나무와 산, 폭포 등 자연이 거개이고, 다 녹색이거나 붉은색, 노란색 톤이다. 그렇지만 산줄기, 산등성이의 음영을 주려면 수백, 수천 번의 손길이 가야 한다. 그는 다치기 전부터도 붓을 들면 누가 말을 걸어도 모를 만큼 집중했다. 다른 생각이 '1'도 안 든다고 한다. 그래서 그는 지금 그림이 아니면 죽을 것 같다고 한다. 손으로 산을 그리고 나무를 세우고 나뭇가지에 새잎을 돋아내면 그렇게 행복할 수가 없다. 자신의 손끝에서 태어나는 자연들…… 게다가 그가 그린 그림들은 다 밝고 따뜻하다. 의도한 것은 아니다. 그냥 그렇게 그려진다고 한다. 이제는 빈 캔버스를 앞에 놓고 그림을 그리면 스그린 보듯이 그림이 구성된다고 한다. 사고 전에는 썩은 함석, 회색의 골목, 오랜 집 등 칙칙한 톤의 그림이 대부분이었지만 오히려 사고 후의 그림이 훨씬 밝아진 것에 대해 "나도 모르겠다. 그저 신기할 따름"이라며 웃는다. 사고 전에 그는 위장약 등 한 움큼의 약을 먹었는데 지금은 그런 게 일체 없다고도 한다.

나의 아버지

전시장에 전시된 자신의 그림을 보고 놀라워하는 사람들의 찬사에 그는 그저 의례적 인사 치레로 알았다. 그렇지만, 사람들이 자기 그림을 보고 진심으로 좋아하고 행복해하는 것을 느꼈다. 사고 전의 그는 돈을 벌고 유명해지기 위해 그림을 그렸다. 그런데 지금은 그리는 자체가 행복하고 사람들에게 위로와 희망을 주기 위해 그린다고 한다. 그는 요사이 자기의 그림을 보고 세상을 보는 시각이 바뀌었다는 얘기를 자주 듣는다. 그래서 "그런 얘기를 들으면 행복한가?" 하고 물었다. 그러자 "그런 얘기를 들으면 나보다 힘든 사람들이 많은가 하는 생각이 들었다. 어떻게 이렇게 앞도 못 보는 나보다 힘들까 하는 생각이 들었다. 그리고 행복감은 솔직히 잘 모르겠다. 우리나라 시각 장애인 30만 명 중 유일하게 그림을 그리고 있지만 뭐랄까 예전의 어떤 충일감은 들지 않는다"라고 한다. 그가 느꼈던 충일감은 어떤 것이었는지 질문하지는 않았다. 그저 그럴 것 같다는 생각 때문이었다.

그렇지만, 커피를 앞에 놓고 서로 마셔가면서 얘기를 나누는 지금, 혹시 그사이 조금이라도 보이는 것은 아닐까 하는 생각이 든 것은 그만큼 얼굴 표정이나 말씨, 말하는 손짓이 너무나 자연스러웠기 때문이었을 것이다. 그래서 "실례되는 말씀이지만 어떻게 깜깜한 건지 혹시 무언가 보이는 것이 아닌가요?" 하고 물었다. 그러자 예의 그 희미한 웃음을 지으며 "아무것도 없는 어둠이다. 아무것도 없어서 광대하고 무서울 때도 있다. 그런데 요사이는 검은 중에도 무언가 검은 형체가 오가는 느낌이 가끔 들지만 여전히 암흑이다. 그래서 밖에 산책하는 게 좋다. 머리와 목덜미에 내려앉는 따뜻한 느낌에 아, 해가 떴구나! 햇살이구나, 또는 비가 오네, 하고 알아차린다" 하고 대답한다. 본래 '안이비설신의(眼耳鼻舌身意)'라고 해서 우리의 감각 중 시각이 감각의 90%쯤을 차지한다고 한다. 안 그래도 살기 팍팍한 세상에서 이런 핸디캡을 안고 사는 일은 어떤 것일까.

그는 지금도 혼자 밖에 나가면 1미터도 전진을 못 한다고 한다. 예전에 보았던 거리며 골목, 집, 건물 등이 기억이 나지 않는다고 한다. 그리고 상상력도 많이 사라졌다고 한다. 가만히 있다 보면 자신처럼 미력한 사람이 어디 있겠나 하는 생각이 든다고 한다. 물감 수십 개의 위치나 각도가 1만 틀려도 헷갈리고, 그림 외에는 아무것도 할 줄 모르고, 주위의 도움이 없으면 어딜 가지도 못하고 하물며 남을 위하기는커녕 짐만 된다는 생각이 든다고 한다. 그래서 그는 작품을 그리기 전에 기도를 한다고 한다. 내가 그리는 그림이 보는 사람들에게 희망을 주고 힘을 주길 원한다는 내용으로 말이다. 이것이 그가 그나마 이 세상에 남아 할 수 있는 유일한 것이라며 말 끝을 흐리기도 한다. 그는 2014년 7월 SBS의 <세상에 이런 일이>에 '마음으로 그리는 시각 장애인 화가'라는 제목으로 출연한 이래 조선일보, 강원일보, 강원도민일보, MBC, YTN, KBS 등 지금까지 30여 차례 인터뷰를 했다고 한다.

물레방아

복숭아밭

　사실은 자꾸 부끄럽고 그래서 출연을 안 하려고 했지만 나가
는 이유가 그 방송이나 기사를 보고 "다 포기하려고 했는데 용기
를 얻었다. 암 수술 환자인데 회복의 힘을 받는다"는 전화와 문자
를 받기 때문이라며 웃는다. 그의 맑은 웃음을 보며 새삼 나는 어
찌 사는지 되돌아보게 된다. 내가 지금까지 뭐라고 떠들었지만, 내
가 무얼 알랴. 그의 어두움, 그의 고통, 그가 도달해 있는 참담함에
대해 말이다. 그러니 사실 이 기록들은 다 겉절이 같은 것이다. 그렇
지만 그가 안고 살아가는 고통의 발효는 오직 그와 그의 작품만이
알 것이라는 속내의 생각을 애써 밀어냈다. 아마도 나의 이 얕은 자
의식은 그의 지금 고백과 실천에 어림도 없을 것이기 때문이다. 기
실 우리는 순간순간 얼마나 자주 장애인이 되는가. 지구의 기압이
나 자외선이나 적외선의 영역에 있는 빛, 저주파, 고주파 음역대의
소리 등을 우리는 알지 못한다. 존재 자체를 모르는 무수한 것들을
외면하는 상태, 우리는 이것을 정상의 영역이라고 말하지 않는가.

　　박 화백은 올 4월에는 춘천 KBS에서, 5월에는 춘천미술관에서 초대전을 가졌다. 긴 겨울을 지낸 봄날 같은 요즈음이다. 언제든지 11층 아파트 창밖으로 몸을 내던질 궁리뿐이었던 날들이었다. 머리로 창을 깨서 피칠갑을 만들기도 했고, 창문을 열고 오르다 식구들에게 걸리기도 했다. 어둠은 그냥 생각하는 어둠보다 더 아득하고 적막했다. 어둠이라는 말로 부족할 캄캄함과 답답함이었다. 그 안에 가만있으면 돌아버릴 듯했다. 애초에 앞을 보지 못했다면 몰랐을 고통도 더했다. 그렇지만 그 막막한 어둠속에서 시작된 의지는 그를 다른 국면으로 이끌어내고 있다.

폭포 2

　　암흑 속에 돋은 풀잎 같은 손가락 세 개로 그리는 그림은 장차 어디로 갈지 본인도 모른다. 박 화백은 단지 사람들의 희망이 된다면 그릴 뿐이라는 말을 되뇌인다. 어떤 속기도 계산도 없는 얼굴이다. 어쩌랴 그의 건강을 기원할 뿐이다. 그의 그림이 더 넓게 퍼져서 많은 사람들이 힘을 얻는다면 그래서 '정상'의 세계가 보다 더 따뜻해진다면, 그의 끝없는 고통도 조금 엷어지지 않을까. 지금도 그는 사고 후유증으로 고통 받고 있지만 이 어려운 시련을 극복하기 위해서 그림을 그린다. 이것 역시 불가능에 가까운 것이지만 포기하지 않고 인내하며 꿈과 삶의 희망을 표현해가며 하루하루의 문을 연다고 한다. 내일의 희망을 위해서.

캔버스 위의
낭만 검객

백중기

1961년 영월 생.
강원대학교 미술교육과 졸.
영월에 처소를 두고 산천을 벗 삼아 풍경을 그린다.
작가 생활 20여 년간 26회의 개인전 개최.

강원도 영월군 남면 연당리……. 마을을 감싼 서강이 가만가만 흐르는 오래된 풍광. 하루 종일 순한 햇빛들이 서성이고 바람도 착해 작은 등잔불 하나 어쩌지 못할 정도로 살랑인다. 백 중기 화백(이하 백 화백)은 이곳에서 부인과 아이 둘을 건사하며(라고 말하고 싶지만 미안한 마음이 들고) 늙은 어머님을 모시며(팔 할이 마나님의 몫이었든지라) 살고 있다. 대학교를 다니느라 춘천 있을 때를 빼고는 삶 대부분의 시간을 이곳에서 서식하고 있는 셈이다.

백중기 화가와 부인

그는 중학교, 고등학교 다닐 때까지만 해도 미술에 대해 별 관심을 두지 않다가 갑자기 고3이 되던 해, 미대를 가야겠다고 결정했다. 이 이야기를 들은 진로 선생님은 부랴부랴 벼락 미술을 가르쳐 줄 강사를 찾아 소개를 했고 백 화백은 두말 않고 미술 공부를 하러 서울로 갔다. 제천 등 근동은 잠깐 다녀봤지만, 이불까지 지고 올라가는 기차는 막막했고, 생전 처음 가 본 청량리역 광장은 두렵고 서러웠다. 지금도 그는 서울 등 큰 도시를 가면 적응이 어렵다. 수직으로 늘어선 빌딩의 숲은 위압적인지, 늘 불편하다.

    대신 그는 가끔 이곳 연당에서 백여 리쯤 더 골짜기로 들어야 있는 동네가 떠오른다고 한
다. 노아의 방주처럼 물이 많이 불었을 때 배를 매어 놓았다는 배거리 산과 강, 푸른 바람, 나무
와 생명들로 가득 찬 숲. 여기저기서 들리는 매미와 풀벌레들의 일제한 떼창 소리……. 여섯 살까

벡

지 자란 그곳의 기억이 여전 그를 지배하고 있다. 천상 촌놈이다. 그렇지만, 그는 백두대간 갈래 줄기의 원시적 자연이 그림의 원천이자 자산이라고 한다. 그래서인지 그가 그린 산줄기 그림은 겹 겹의 물감으로 두텁게 표현 돼 있다.

누군가 그림은 그리움이라 했다. 그의 화실에는 산과 나무와 온갖 꽃과 바다, 하늘과 별과 언덕이 펼쳐져 있다. 스케일이 거칠고 넓고 크다. 드넓게 펼쳐진 밤하늘에는 금박을 물린 듯 별들이 빛을 발하는가 하면 한 줄기 별똥이 은빛을 내며 검푸른 바다로 돌진하기도 한다. 한쪽에는 백두준령의 옹골찬 힘을 품은 산이 흰 테로 기품을 두른 자작나무 그림에 가려져 있고, 작가가 아낀다는 다른 화가들의 작품이 약방의 약봉지처럼 곳곳에 걸려 있다. 그 옆으로는 말통들이 큰 물감통과 작은 물감이 뒤섞여 있고 이미 쓰여진 붓과 쓰는 붓, 쓰여질 붓이 두서없이 필통에 꽂혀 호출을 기다리고 있다.

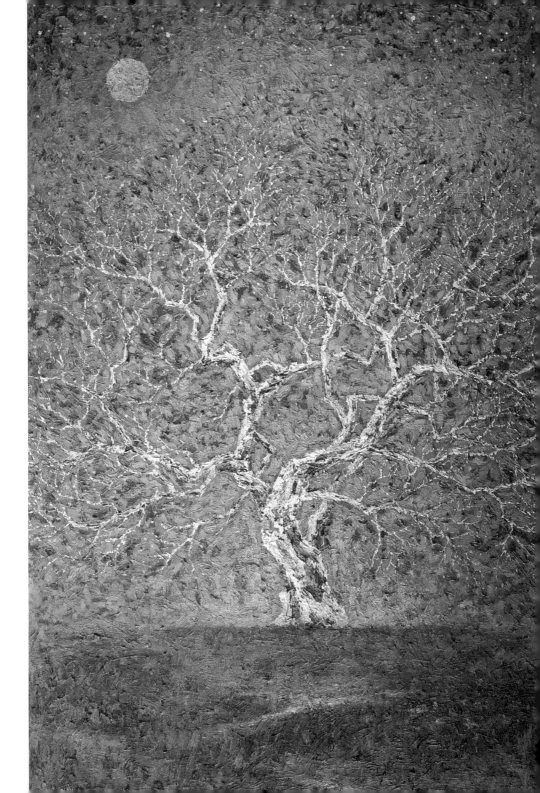

배롱나무

인터뷰와 함께 자연스레 시작한 막걸리가 몸속에서 무슨 일을 하는지 얼굴이 불콰해진다. 지금까지 살며 젤로 생각나는 일은 무엇이냐 물었더니 단박에 "주재현"이라 대답한다. 그와 함께 학교를 다니고 웃고 울며 그림을 그렸는데 지난 1994년 3월, 33세의 나이에 봄꽃처럼 진 천재라고 말한다. 그는 그를 '자유와 열정'으로 기억한다. 어떤 틀에도 매이지 않은 현자의 삶과 무정형의 그림은 그를 놓아주지 않았다. 그래서 스스로에게 그의 유작전과 도록을 열기로 약속했다. 몇 년의 고군분투 끝에 그를 기억하는 동문, 벗, 지인 등의 도움으로 마침내 2007년에 서울과 춘천 등지에서 유작전을 치렀다. 이야기 내내 "그가 살았더라면......" 하는 아쉬움과 비통함은 더욱이 진해진다.

김수영 시인의 풍을 따르자면, "사람이 꽃보다 아름답다는 말은 수정되어야 한다"는 게 그의 요지다. "내가 싫어하는 가사가 있는데, 거 뭐더라, 사람이 꽃보다 아름다워~ 이 말은 틀렸어, 사람이 어찌 꽃보다 아름다울 수 있어." 사람은 자연에 비하면 반의반의 반도 못 따라가는 덜 떨어지고 못난 종족이라 말한다. 실제로 그의 그림에서 사람은 아주 작게 나타난다. 자연에 비하면 보잘 것 없다는 뜻일까? 하지만, 이것도 그냥 눙친 말이다. 반어법이다. 그의 뜻은 다른 데 있다. 자세히 보면 그가 그린 사람은 충분히 크고 정겹다.

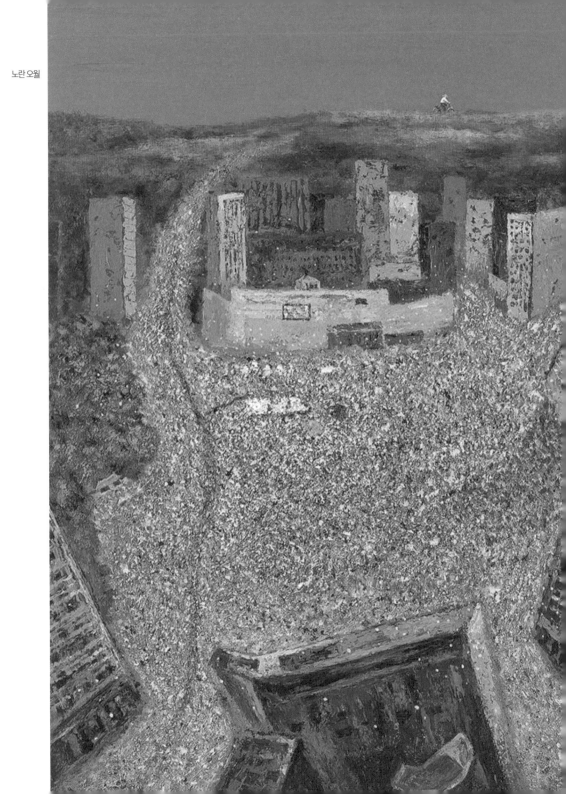

비록 가끔은 술기운으로 흐린 날씨이지만, 그는 본래 맑고 예민하고 높은 하늘을 모시고 산다. 편법과 후안무치가 국시가 된 듯 전 국토가 각자도생의 최전선이 된 요즈음, 그는 보트피플에 오른 무방비의 난민들을 떠올린다. "아직도 내 마음속엔 혁명의 불길이 솟아, 오늘처럼 이렇게 거시기하면 말이지. 혁명의 불길, 그냥 내가 풍경 속으로 빨치산처럼 잠입하는 것 같지. 나도 두려운 나의 실체라니……." 그의 가슴은 아직도 뜨겁고, 어쩔 도리가 없다. 그래서 붓을 잡는다. 붓을 칼처럼 휘두른다. 그러나 뚝뚝 피가 떨어지지는 않는다.

"내 삶은 열등감으로 시작되었다. 그런데 나만 못나고 헛된 줄 알았는데 내 아는 사람들이 저마다의 열등감에 괴로워하는 것을 아는 순간, 비로소 나는 세상과 소통을 시작했다. 태어나 우는 순간부터 열등하다. 그래서 나는 죽는 날까지 열등할 것이다. 끝까지 이 열등함을 벗 삼아 마주쳐야 한다. 내 열등을 신의 몫으로 돌리는 순간 내 예술은 사멸할 것이다." 이럴 때는 가만 한잔 술을 권할 뿐이다. "내가 열등하면 신도, 세상도 열등한 것이다. 열등을 마주하지 못하는 자 폭력에 굴종한다. 굴종함은 노예이다. 노예는 왕을 필요로 한다. 왕을 섬기는 자는 철학할 이유가 없어진다. 그러나 이 시원한 바람은 무엇인가? 왕의 것인가, 신의 숨결인가. 햇살과 별과 바람에는 열등, 우등이 없다. 수십억 지구 역사상 나는 한 숨일 뿐이다. 흔들릴 때 나는 생각한다."

　"노예에게 철학은 없다!"라고 단언하는 그의 가슴은 아직도 뜨겁고, 어쩔 도리가 없다. 그렇지만 그 뜨거움이 하얀 캔버스를 대하면 누구보다 냉정해진다. 차갑게 식은 열정이 오히려 푸른 산을 성성하게, 둥근 달을 덩실하게, 꽃과 숲이 수천만 화소로 발 팡하게 한다. 뚝뚝하고 무실서하뇌 고문거리지 않는다. 하나의 그림을 완성하면 마라 톤 풀코스를 뛴 듯 기쁨의 탈진으로 작업실에 쓰러진다. 그리고는 새로운 캔버스를 맞 아 또 다른 롤러코스터를 탄다. 이렇게 몇 날 몇 달을 서로의 체취를 나눠 마시며 하나 가 된다. 하여 "작품은 바로 그 사람!"이라는 명제에 이르른다.

산-덧칠

이 점에서 그는 언제나 검객이다. '캔버스 위의 낭만 검객'. 낭만이 젊은 날의 치기쯤으로 평가 절하되는 세상이지만 얍삽한 속계산이 없어야 가능한 경지이다. 검객 또한 칼이 자신과 합일되는 수행에 이르러야 부여되는 호칭이다. 25년이 넘는 본격적 화업(畵業), 그중 15년 전부터 유화 대신 아크릴로 그림을 그렸다. 기름보다 물의 특성이 맞아서 부드러운 것과 아주 끈끈한 것과 그 중간 것 등등의 다양한 보조제를 사용하고 있다. 붓이 갖고 있는 인위적인 실감 표현이 싫어 대나무 칼을 애용한다. 이 칼로 미장들이 시멘트를 바르듯 마티에르 질감을 살려내는 것이다. 그러고 보면 미술은 언제나 화학과 노동이 접맥된 곳에 있었던 셈이다. 요사이는 대형 실경산수에 잔뜩 매료되어 있다. 근교의 치악산도 그렸고, 항차 백두대간, 개마고원을 그려나갈 생각이다.

어라연

그림이 사람들에게 주는 효용은 무엇일까. 화가에게는 업(業)이고 습(習)이고 또한 그게 아니면 죽을 것 같은 명(命)이라 한다지만, 그것을 보는 사람들에게 그림은 무엇이어야 하는가. 따지고 보자면 눈에 보이는 세상 모두가 그림이지 않은가. 그럼에도 사람들은 전시장을 찾고 사각의 틀 안에 그려진 그림을 보고 감탄과 위안을 얻는다. 그렇게 어떤 감동이 다가오는 까닭은 바로 '특정'이 아닐까. 일상에서 건져 올린 소재와 장면은 작가의 개입으로 순식간에 '특별'해진다. 특정한 장면을 특정한 느낌과 톤으로 특정한 이미지를 남기는 것 그러면 사람들은 이 '특정'을 보고 자신의 감정을 이입하는 등등의 감상 가부좌에 들게 되는 듯하다.

저바다

이런 면에서 그가 한 줄기 나무 같다는 생각을 해보았다. 잎사귀가 떨어진 겨울나무는 골똘하게 사유한다. 존재의 뼈를 고민하는 순수 낭만파. 너무 정직해서, 너무 가여워서, 너무 투명해서 세상이 서늘해질 눈물을 품은 나무 말이다. 이제 그 눈물방울이 터져 오르면 세상은 전혀 새로운 국민을 맞게 될 것이나. 내남도 없고, 우얼도 없고, 남과 북도 하나뇌는 세상, 그런 세상을 이루기 위해 그는 오로지하게 그림을 그릴 것이다. 그걸 아는지 서강도 그의 옆에서 가만 이 치욕을 견디고 있는지 모른다. 다만 워낙에 술, 담배, 사람이 풍년인지라 그의 강철 건강을 빈다. 하여 자연과 인민의 행복을 끌어올리는 그의 그림이 평화로운 햇살처럼 온 산천에 난분분하길 빌어본다.

어둡고 키 낮은
골목 위로 뜬
밝고 푸른 달

서현종

강원대학교 예술대학 시각디자인학과 졸업 후
회화 작업으로 9번째 개인전을 했고
10번째 개인전을 준비하고 있음.

어느 하루 시간을 내어 서울 인사동과 삼청동 쪽 전시관을 돌며 그림을 감상하다가 문득 그림에 지역성은 어떤 의미가 있을까 하는 생각이 들었다. 다만 작가가 나고 자란 풍토대로 대부분은 그 지역의 햇빛과 바람, 언덕과 사람을 소비하고 그리겠지만 때로는 터무니없는 전혀 다른 소재로 이역(異域)의 감성을 북돋는 이들도 있다. 고암 이응노는 프랑스에서 한글과 한자의 특성을 더욱 발휘한 문자 추상으로 동양의 기운생동을 불러일으켰는가 하면 천경자는 남태평양, 아프리카 등을 여행하며 어인들의 원시적 관능을 그려 세계성을 확보하였나. 이들 문학으로 확대해보면 헤르만 헤세, 알퐁스 도데, 루쉰 등 자신의 고향을 소재로 한 소설로 널리 알려진 작품을 쓴 사례는 너무 많이 있다. 그러고 보면 예술 작품은 자기만의 지역성으로 세계성을 획득하는 것이 성패 여부를 가늠하는 일일 테다.

작업 중인 서 작가

이런 지역성의 예는 아니지만, 보통의 전업 작가들은 별수 없이 고향에 자리 잡고 활동을 하는 경우가 많다. 여기 군대 생활 외에는 다른 곳에서 있어본 일 없이 그림을 그려온 이가 있으니 서현종 화가이다. 체구에 비해 다소 좀 머리가 큰 게 아닌가 싶지만 이런 저런 질문에 답하는 모습이 수줍고 천진하다. 먼저 어릴 때 얘기를 해달라고 했다. "초등학교 때는 미술 시간을 젤 싫어했어요. 물론 산수가 더 싫긴 했지만~^^, 그 이유는 미술 시간이 내겐 빈부의 격차를 확연히 나타내주는 시간이었으니까요. 다섯 남매 중 막내인 나는 쓸 만한 재료가 하나도 없었죠. 다른 아이들은 새 크레파스, 물감, 물통…… 그뿐인가요, 고운 모래를 가져가야 하는 날이면 나른 아이들은 학교 앞 문방구에서 파는 비닐 포장된 고운 모래를 가져오는데 나는 엄마가 집 앞 공사장 모래를 퍼다 검정 비닐에 챙겨주셨어요." 아~ 이 웃지 못할 가난의 역사라니, 하고 웃으려다보니 익숙한 우리의 지나온 모습이었다.

그가 중학교 때쯤 86아시안게임과 88올림픽 개최 준비가 활발했는데 1980년 전두환 정부는 컬러텔레비전을 시작했고, 이에 걸맞게 옷이며 신발이며 각종의 브랜드로 각양의 스포츠 상품들이 저마다의 로고를 자랑하며 쏟아져 나왔다. "그래도 미술에는 소질이 있었는지 당시 그 메이커들의 마크 디자인에 매료가 되었지요. 디자인이라는 말도 없었고 들어보지도 못했고, 그저 도안이라는 말이었죠. 나는 선생님들 몽둥이에 그 비싼 상표를 하나씩 그려 넣었고 선생님의 반응도 나쁘지 않았어요. 하지만 그거랑 미술이랑 관계가 있을 거라고는 생각도 못 했죠. 고등학교 때는 남들 다 있다는 청운의 꿈을 품고 좋은 대학에 목표를 두었죠. 처음엔 국어, 영어, 불어 같은 어학에 관심을 가졌었는데 관심만 있고 공부를 안 했으니 학년이 올라갈수록 성적이 올라갈 까닭이 없게 된 거지요. 그러다가 마침 2학년 겨울쯤 내 짝이 된 아이가 우연히 내 연습장을 보더니 '너 디자인 전공하면 잘 하겠다'고 하는 겁니다. 그 말을 듣고 초특급 팔랑귀답게 진로를 결정했지요. 그래서 아버지 허락을 받기 위한 용기를 내었죠. 아버지는 군인이었고 집에는 가끔 오셨지만 또 그만큼 엄하셨으니 정말 용기가 필요했었죠."

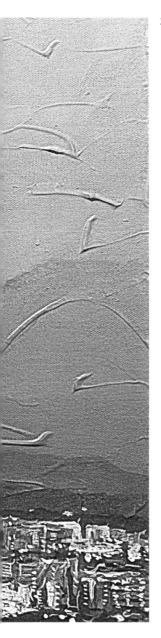

2018 춘천

    그렇게 산업디자인과를 다니면서 입시 미술화실에서 입시생들을
가르쳤다고 한다. 그러다 보니 "선생님은 어떤 그림을 그리세요? 한번
보고 싶네요.", "이번 전시 때 네 작품도 출품하니?" 등등 사람들의 질
문이 이어졌다. 가볍게 지나가는 질문이라도 조금씩 맘속에 쌓였던지,
아니면 무언가를 시작해야 한다는 조바심 때문이었는지 조그만 켄트
지에 크레파스로 끼적거리기 시작했다고 한다. 재료, 시간 등등이 열악
한 화실이었으나 작가로서 자기 그림의 시작이었던 셈이다. 이렇게 쌓
인 그림을 보고 주위에서 전시를 하라는 권유가 이어서 시내에 위치한
유명 클래식 카페 두 곳에서 전시를 했고, 결과는 완판이었다고 한다.
선후배 다 동네 아는 사람들이었으니 그림 값으로 책과 술을 사주기
도 하고 더러는 떼어 먹는 사람들도 있었다고 한다.

첫 전시 때는 겁을 먹었지만, 예상외의 호평으로 고무된 그는 학교 졸업 후 입시학원을 그만두고 본격적으로 그림을 그리자 다짐했지만, 집안 사정 등 등 다시 발목이 잡혀 오랫동안 입시학원을 꾸려왔다고 한다. 그렇게 지내다보니 주위의 사람들이 또 "선생님 그림이 궁금하다"고 하는 소리를 듣게 됐고, 공교롭게 이때쯤 아버님도 작고를 하셔서 비로소 마음을 독하게 먹고 학원을 접었다고 한다. 그리고 한동안 집 밖으로 나가지도 않고 '나의 그림, 나의 길'에 대한 생각을 공글리며 다시 나만의 작품을 찾기 시작했다고 한다. 전공 공부가 작업에 도움이 되는가 하고 물으니 "처음의 경로는 달라도 다 산에 오르듯 작업을 하다보면 전공의 차이는 사라진다고 봅니다. 마치 혈액형은 바꿀 수 없지만 성격은 누굴 만나고 어떤 생활을 하느냐에 따라 달라지듯 말입니다"라는 근사한 답이 날아온다.

꽃비

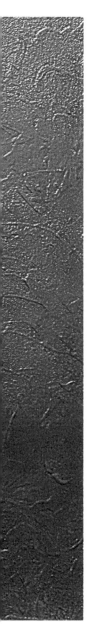

    사람도 잘 안 만나고 집에서 그림만 그리면 좀 답답하지 않을까 했더니, "그림이란 게 묘해요. 누구든 더 좋고 새로운 그림을 그리고 싶어 하잖아요. 근데 이게 쉽지가 않거든요. 방안에 앉아 그림이 잘 되면 신도 나고 기분이 좋아지는데 또 안 되면 그렇게 미워질 수가 없지요. 말하자면 무슨 연애하는 것처럼요. 안 그리면 꿈에 빚쟁이처럼 그림이 나타나요. 그래서 붓을 들고 덤비면 또 막혀버리고……. 이게 소위 밀당의 고수라는 겁니다. 될 듯 말 듯~ 그러다보니 나이만 훌쩍 먹었지요." 참고로 그는 막 오십 대에 진입한 싱글로 어머니와 함께 살고 있다. 말은 가볍게 하지만 왜 질곡과 번민이 없을 것인가. 그래도 그는 시류에 따라 억지로 바꾸지 않으며 그려왔던 대로 갈 거라며 "간단하고 단순한 것은 복잡하게, 복잡하고 어려운 것은 간단하게 생각하고 싶다"고 한다.

동네

그의 작업 방법은 단순하다. 처음에는 뭔가 자기만
의 것을 찾아야 한다는 강박으로 여러 과도한 시도를
했는데 오히려 그게 소비적이었고 또 새로운 시도를 하
자니 경제적 손실을 감수해야 하는데 이 부분도 만만
치 않았다고 한다. 그래서 그는 젯소, 아크릴 물감, 바니
시 순으로 작업을 한다고 한다. 물론 때에 따라 가끔 다
른 재료, 일테면 주사기, 수정액(화이트), 스펀지, 수세미,
화장지 등등의 재료가 쓰이기도 하지만 아주 드문 일이
라고 한다. 작업 속도는 캔버스 크기나 소재, 주제 등에
따라 달라지지만 종일 집중하면 한 작품에 보통 2~3일
정도면 된다고 한다. 때로 허리가 아프거나 너무 덥거나
추울 때 그의 작업은 조금 지연된다고 한다. 그렇지만,
그는 이 지연이 더 생각하고 더 보고 더 신중해질 수 있
으니 꼭 나쁜 것만은 아니라고 한다.

망대

　그는 크레파스를 녹여 쓰는 등 작업 과정에 에피소드도 많았지만 이제는
달리 꿈을 꾸지 않는다고 한다. 희망을 접었다는 것이 아니라 아직도 크게 보
이는 자신의 결핍을 먼저 바로잡는 게 순서라는 생각 때문이다. 미진한 무언가
를 찾는다면 비로소 커다란 그림을 그릴 것 같다고 한다. 지나친 결벽이나 겸손
이 아닌가 하면서도 하기사 사람 사는 일이니 저마다의 길이 있지 않을까 하는
생각이 들었다. 아무튼 그는 지금 더 안정되고 단단해지길 원한다고 한다. 그래
서 화제도 바꿀 겸 몇 년 전에 어머니와 함께 전시를 했는데, "어땠는가?" 하고
물었다. 그러자 "아주 좋은 경험이었어요. 어머니도 저처럼 행복도 느끼고 허탈
삼노 느끼셨겠지요. 그렇지만 그림을 그리면서 너무 행복해 하셨고, 심지어는
전시가 끝난 작품에도 무언가 수정을 하겠다며 붓을 달라고 할 때는 웃음이
나오기도 했지요. 그렇지만 지금 어머니는 다시는 그리지 않겠다고 하시는데
또 모르지요" 하며 웃는다.

　그는 학원을 그만두고는 다른 직업을 갖질 않았으니 전업 작가랄 것이다. 그래서 요즘 어떤 생각을 하는가 물었다. "전업 작가란 작가의 활동을 제외하면 백수란 의미여서 바로 경제적인 문제와 직결이 되지요. 예전에 어떤 지원이 절실한가 하는 질문에 보통 창작 공간이나 작업 공간의 지원금(월세의 몇 퍼센트 정도) 얘기를 많이들 말씀하시는데 저는 조금 생각이 다릅니다. 작가에게 창작 공간은 어쩌면 학생에게 주는 공부방과 같다는 생각입니다. 엄청난 의무감에 밀려 숙제하듯 작업을 하고, 또 이만큼 숙제를 했다고 전시를 하는 형태로 반복되고 있지요. 저는 그도 방법일 수 있지만, 다른 지원 방법이 있어야 한다고 생각합니다. 예를 들어 월별 혹은 분기별 경매 전시(일정 자격이나 추천받게 된 작가들을 모아 전시를 하고 마지막 날 경매로 마무리하는) 같은 거지요. 물론 관이나 후원 단체에서는 홍보, 전시장, 경매 운영을 지원하는 거지요. 그리고 판매 수익의 몇 할은 다시 운영비로 되돌리는 시스템. 이렇게 된다면 작가 자신들은 어디서든 치열하게 작업을 할 것이고 누워서 떨어지는 감만 바라보다가는 결국 지쳐 바닥나는 그림은 그리지 않을 거라 생각합니다."

2019.

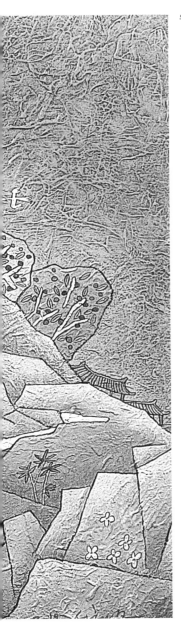

　　우리는 지금 '문화 강국'을 애기하면서 방탄소년단을 애기하고 있지만 최저 임금에도 못 미치는 수입으로 처절하게 생계 문제와 싸우는 수많은 전업 작가들이 뒤섞여 있는 시대를 살고 있다. 전국의 지자체마다 관광객을 모으기 위해 각종의 행사를 펼치며 화수분의 예산을 퍼붓고 있지만 그 진행도, 결과도 신통치 않다. 그래서 지역의 문화 발전 방안을 물으니 "일단, 전시 공간이 많이 생겼음 하는 거죠. 기존의 무겁고 권위적인 게 아니라 작고 좁지만 문턱이 낮아 일반인들이 부담 없이 쉬거나 관람을 하러 오는 공간, 또 하나는 아무 작가나 막 대관을 하는 게 아니고 철저한 검증을 거쳐 작가를 섭외하는 대신 대관료도 수수료도 없이 하는 거지요. 전시 후 작품 하나는 기증하는 조건 정도? 그리고 미술관 운영자는 홍보와 판매에 능한 사람들이라면 더욱 좋겠지요. 그렇게 되면 미술관(갤러리) 하나로도 춘천의 랜드 마크가 될 수 있다고 봅니다. 믿고 가는 미술관, 믿고 보는 갤러리를 만들어야 하는 거지요"라는 경쾌한 답이 온다.

그는 보통은 밤에 작업하고 낮에 쉰다고 한다. "밤에 다른 사람들이 지쳐서 잘 때 뭔가를 하려고 도모하며 자유로운 망상을 하는 것은 즐겁습니다. 작업이 안 되면 영화를 보든 책을 보든 하염없이 멍을 때리든 하여간 뭔가를 합니다. 그러다 아침 10시, 별일 없으면 잡니다. 다른 사람들이 열심히 일할 때 잘 수 있는 특권이니 별일 없으면 안 일어납니다.^^" 하며 웃는다. 그래서 그게 건강에 안 좋은 게 아니냐고 하자 "건강은 걷는 게 좋다는데 꾸준하질 않고, 술은 줄여야 하는데 그건 꾸준합니다" 하며 어깨를 으쓱한다. 잠시 장난기와 철은 무슨 관계일까 생각하다가 마지막으로 하고 싶은 말을 들려달라고 했다. 그러자 "저는 춘천이 정말 잘 되면 좋겠습니다. 하지만 아직도 춘천은 호반, 닭갈비, 막국수의 도시입니다. 이게 언제 이야기인가요. 또 문화는 당장 배가 고프고 옷 한 벌이 아쉬운 사람들에게서는 피우기 어렵지요. 문화는 시간이 필요하고 투자가 필요하고 의식이 필요합니다. 이 점 춘천을 이끄는 분들이 잘 고민해서 방향을 잘 잡아 달라는 부탁을 드립니다."

활짝 웃는 모습의 서 작가

그의 그림은 어딘지 구식이다. 아주 낡고 낮은 지붕을 달고 쓰러질 듯 서 있는 집, 옆으로는 주름살을 닮은 골목을 따라 길은 휘어져 있고 그 위로는 비현실이리만치 밝고 따뜻한 달이 떠 있다. 마치 지상의 모든 슬픔이 빚은 눈물을 씻어주듯 안아주듯 달은 멀리서 망연히 이곳을 쳐다보고 있다. 지금 세상은 먹방에 여행에 살판난 듯하지만 여전히 작가들의 삶은 빠듯하다. 가난에 자신의 이름을 팔지 않는 청빈이 귀해진 요즈음 이런 화가들은 격랑을 건너는 징검돌처럼 고향을 지키고 우리를 지키고 있다. 이제 그는 또 다른 변화를 꾀하고 있다. 반가운 일이다. 거칠게 반죽한 듯 어두운 화풍에서 꽃이 피고 환한 산과 들이 보인다. 모종의 자극이 그의 어딘가를 건드린 것이다. 자고로 홀아비 사정은 과부가 안다 했던가. 슬픔은 굳이 설명하지 않아도 알아보는 것이다. 그저 바라보는 것만으로도 위안을 얻는 것이다. 그 앞에서 좋고, 좋으면 박수를 치면 될 일이다. 이제 무명의 화가들을 보고 "너희들은 왜 땀을 흘리지 않는가"라는 힐난을 멈추자. 이미 그들은 삶의 고단함을 충분히 맛보고 이를 사무치게 그려내고 있으니 말이다.

인간의 얼굴에서
생명의 흙까지,
그 멀고도 뜨거운 여정

이상원

1935년 춘천 출생.
독학으로 자신만의 작품 세계를 개척한 사실주의 화가.
한지 위에 먹과 유화 물감을 사용하여 한국화의 담백함과
서양화의 사실적인 특징을 한 화면에 구현함.
작품은 주로 낡고 헤진 사물과 세월의 흔적을 간직한 노년의 인물을 다룸.
사라져가는 존재, 소멸을 떠올리게 하는 그림은
역설적으로 '삶이란 무엇인가'라는 질문을 던지게 만듦.
1999년에 생존 작가로는 최초로 국립 러시안 뮤지엄에서 초대전 개최.
2000년 춘천으로 귀향하여 작업에 매진하고 있음.

춘천시 사북면 화악지암길 산중에 자리 잡은 이상원 미술관. 경사가 급한 산비탈에 선 미술관은 둥그런 원 모양의 외양과 함께 전망이 무척 좋았다. 작업을 시작했다 하면 사람을 만나지 않는 것으로 유명한 이상원 화백(이하 이 화백)은 헐렁한 티셔츠 차림으로 있다가 미술관을 쳐다보는 필자에게 "이쁜 것을 좋아해서 한껏 모양을 살렸더니 공간 활용도가 떨어진다고 직원들이 흉을 본다"고 "사람도 겉모습보다 실속이 있어야 한다"며 웃으신다. 연세가 많지만, 행동이 조금 느리다는 것 외에는 건강해 보인다. 멀리 너울거리는 산 그림자로 쏟아지는 유월의 햇살은 푸른 신록에 반사되어 더 반짝거린다.

작업 중인 이화백

이 화백은 1935년 춘천 신북읍 유포리에서 태어났다. 지금은 전통의 막국수가 있는 동네로 소문이 나 있지만, 당시만 해도 엄청난 오지 마을이었다. 동네의 거개가 다 농사를 짓는 가난한 마을이기도 했다. 춘천 농고를 다니며 말똥을 치우고 일본 유학파 미술 선생에게 잠깐 미술을 배우기도 했다. 그러나 2학년 때 전쟁이 나고 학도병으로 끌려가 양구에서 죽을 고비를 수도 없이 넘겼던 이 화백은 전쟁이 끝나자 다시 학교로 가지 않고 가출을 했다. 그것도 그냥 간 것이 아니고 형 신이라 새로 산 운동화를 몰래 신고 서울로 갈 참이었다. 시시한 학교생활 말고 그림을 그려보겠다고 나선 길이었다. 첫 번째로 춘천역에서 맞은 시련, 기차표를 살 돈이 없었던 이 화백은 그 자리에서 역장의 얼굴을 그려줘 기차를 탈 수 있었다고 한다.

처음 그림을 그린 것은 천전초등학교 4학년 때. 한복 차림의 할아버지를 모델로 그림을 그렸다. 그냥 한 번쯤 그려보겠다 했던 할아버지는 손자가 그린 초상화를 보고 탄복을 했다. 아버지도 그림을 액자에 넣어 대청에 걸었다. 자연스레 동네 노인들의 초상화는 그의 차지가 되었다. 그렇게 그려진 그림은 쌀과 곡물로 바뀌었다. 이렇게 시작한 그림은 어린 마음에도 자신감이 들었다. 그렇지만, 전쟁 후 서울은 17살 소년의 재능과는 무관하게 냉혹했다. 종각 종루에 쭈그리고 앉아 있는 그를 파출소 순경이 공사판에 소개해줬다. 몸뚱이밖에 믿을 게 없는 처지라 공사판은 힘들었지만 견딜 만했다. 그러다가 어느 날 점심을 먹고 동료가 휴식을 취하는 모습을 스케치하였다. 마침 이 모습을 보던 공사장 페인트 납품업자가 그를 극장 간판부 관계자한테 소개를 했다. 다시 붓을 잡을 수 있었던 그는 행복해서 고향 춘천의 부모님을 향해 절을 했다. 물론 어머니는 난리 통에 돌아가셨지만, 서울로 온 이후 처음으로 가슴속에 달이 떠오른 순간이었다.

뛰어난 데생력이 체화돼 있던 그에게 여기저기서 러브콜이 쏟아졌다. 대한극장, 국도극장, 단성사, 스카라극장······, 끈기와 승부욕까지 갖추고 있는 그는 어느새 그가 구도를 잡으면 조수들이 채색을 하는 팀장급으로 성장했다. <벤허>, <바람과 함께 사라지다> 등등 간판과 포스터 그림을 그리느라 눈코 뜰 새가 없었다. 그렇지만 어느 순간 회의도 왔다. 벌이도 좋아지고 시간도 마음대로 쓸 수 있었지만 지극 정성으로 그린 간판 그림은 영화가 끝나면 지워지는 것이었다. 그러면 왠지 그간의 자신의 노력이 사라져버린 것 같았다. 이러던 차에 미8군에서 초상화 납품 의뢰가 들어왔다. 어쩐지 미군들 얼굴을 그리는 것이 마음에 안 들었던 이 화백은 거절을 했다. 그렇지만 삼고초려, 두 번 세 번 찾아온 업자가 어느 날은 돈이 가득 찬 가방을 내놓았다. 어쨌든 간판 그림처럼 사라지지는 않을 것이라는 생각에 이에 응하고 말았다.

동해인1

동해인 2

그가 그리는 초상화는 대번에 인기를 끌었다. 보통 40~50%에 이르렀던 초상화 크레임은 10%로 떨어졌다. 처음에는 사병을 대상으로 한 그림이 장교, 간부까지 올라갔다. 초상화는 인물의 윤곽이 가장 중요했고, 그 사람의 인품과 성격, 분위기가 녹아들어야 했다. 이 화백은 조그만 사진 하나로 이 모든 걸 막힘없이 표현해냈다. 자연스레 공방이 만들어졌고 그에게 초상을 배우는 도제 시스템도 만들어졌다. 수입으로만 보면 이때가 소위 황금기였다고 한다. 이른바 돈 세다 잠이 든다는 세간의 말이 딱 맞아떨어지는 때였다. 이때 한국화가 이왈종 씨를 알게 되었고 그는 그의 그림을 보고 "이만하면 순수 미술을 해도 좋겠다"라고 권유했다. 그 자신도 상업 미술 말고 자신의 그림을 그리고 싶었다. 그래서 시간 날 때마다 수묵화 작업도 하였다. 워낙에 수묵의 기초가 없어서 미대에 도강도 하였고, 변관식 화실을 찾아 귀동냥을 하는 등 노력을 기울였다. 그러다 미8군 사령관의 그림을 그리게 되었다. 그런데 이 장군의 초상화가 생각지도 않은 하나의 전환점이 되었다.

당시 대시인이자 국학자, 작곡가로도 유명했던 노산 이은상 선생이 안중근 기념사업회 일도 관여하고 있었다. 어느 날 우연히 미군 부대 사무실에 걸려 있던 사령관의 초상화를 보았고, 수소문해서 그를 찾아왔다. 안중근 의사의 초상을 그려보라는 것이었다. 너무 놀라 손사래를 쳤더니 "그동안 이당 김은호 선생 등등 내로라하는 화백에게 의뢰를 했는데 마음에 차지 않았다"며 그에게 그림을 그려내라는 것이었다. 몇 날 며칠 떨리는 가슴을 진정시키고 안중근 의사의 자료를 수집하고 공부했다. 그리고 몇 달 만에 그림을 완성시켰다. 이를 본 이은상 선생은 한동안 말을 잊지 못했다고 한다. "초상은 형상만 닮은 게 아니고 그 인물이 갖고 있는 담과 혼, 결기를 심어내야 한다"며 단번에 오케이 사인을 했다.

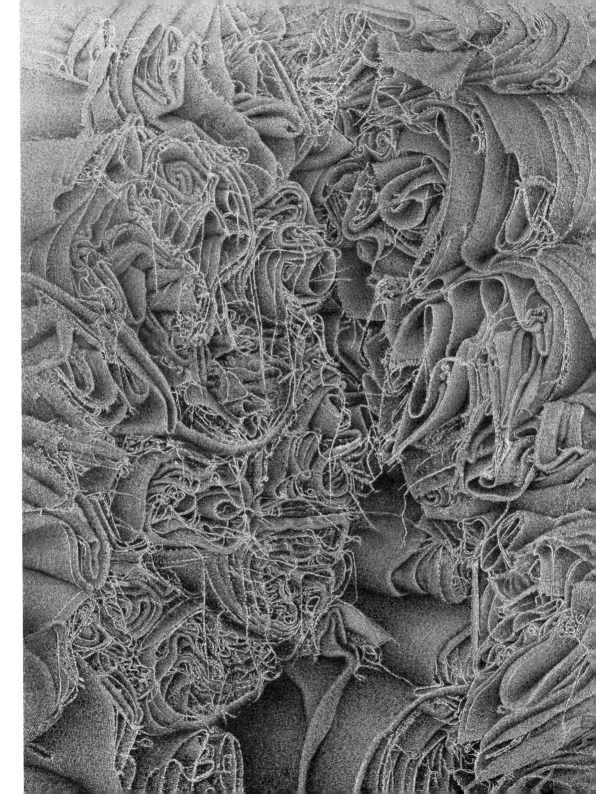

　　이때가 1970년 35살의 나이였다. 100호 사이즈로 그려진 이 그림은 박정희 대통령도 참가한 행사에서 멋지게 데뷔하였고, 이후 안중근 의사의 문교부 공인 영정 초상화가 되었다. 그림을 본 박 대통령도 그를 치하하였고 이후 그가 그리는 초상화는 외국의 내빈들에게 주는 대통령 공식 선물이 되었다. 박 대통령 부모님의 초상화와 대통령 내외의 초상화는 물론이고 김종필, 정일권, 이병철, 김재규 등 생생한 유력 인사들의 초상화를 그렸고, 또 그려달라는 청탁이 줄을 이었다. 닉슨 대통령 내외, 러스크, 브라운 대사, 맥아더 장군, 부루나이, 사우디 국왕, 험프리 부통령 등 그의 손끝에서 탄생한 그림들은 각 나라의 명사들에게 재산 목록 1위가 되었다.

이렇게 인연을 맺은 이은상 선생은 그에게 필생의 스승이 되었다고 한다. 노산 선생은 그에게 "이젠 순수 미술, 자신의 그림을 그려보면 어떻겠느냐"는 제안과 함께 넉넉하고 굳건한 예술가가 되라며 후암(厚巖)이라는 호를 지어줬다. 이 화백은 고민에 빠져들었다. 미술계는 당시만 해도 학벌과 무슨 무슨 사단에 들지 못하면 생존 자체가 어려운 신분제 생태계였다. 그만큼 미술계에서 살아남기 어려웠다. 그렇지만 아내도 "돈은 벌 만큼 벌었으니 이제 당신의 그림을 그려보셔라"고 힘을 실어주었다. 이때가 마흔 살쯤이었다. 고민을 하던 그는 결정을 내렸다. 이후는 본격적으로 자신의 그림을 그리는 시간이었다. 하여 1976년 국전에 <시간과 공간>이라는 두 작품을 출품하여 한 작품이 입선을 하였다. 그런데 그해 심사를 두고 말이 생겼다. 당시 심사위원을 맡았던 임영방 선생은 그의 작품이 대상감이었다고 미술 전문지에 기고하였다. 이후 그의 그림은 대상작보다 더 많은 스포트라이트를 받는 작품이 되었다. 당시만 해도 특정 대학 출신이 아니면 입선조차 어려울 때였으니 심사의 공정성을 제기한 것이었다.

무제

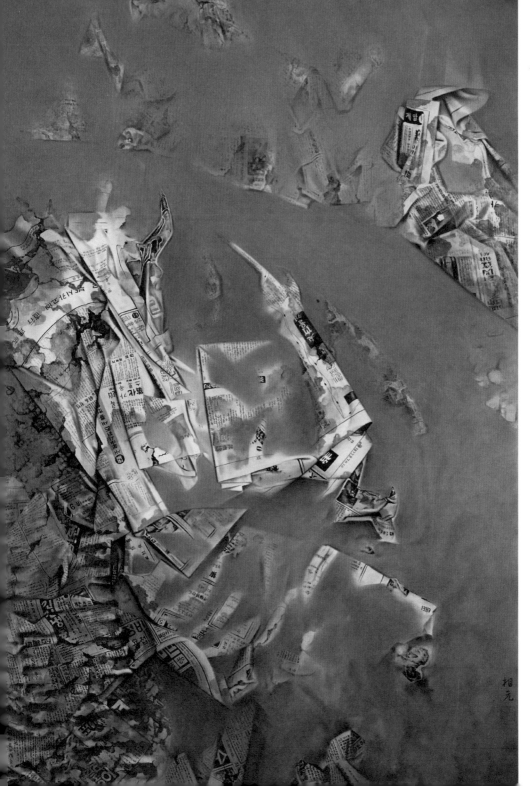

이 화백은 그 후로 관전(官展)인 국전을 기웃거리지 않았다고 한다. 수묵을 기본으로 하여 유화 물감을 함께 사용하는 자신만의 극사실주의 기법을 만들어낸 그는 1978년 동아미술제 동아미술상, 중앙미술대전 특선을 차지했다. 출품작은 진흙탕 속의 신문지를 그린 작품이었다. 지금도 그해 1978년은 이 화백에게 잊혀지지 않는 해가 되었다. 그토록 열망하던 '자신의 그림'이 공인을 받은 해였기 때문이었다. 자신의 영역, 자신의 그림을 그리면서 그는 또 하나의 이력을 남겼는데 작품을 팔지 않는 것이었다. 죽어라 목숨을 걸고 그린 그림이었는데 어찌 팔겠느냐는 거였다. 이렇게 작품을 팔라는 사람들의 청을 물리치고 모은 작품이 현재 2천 점도 넘게 수장고에 쌓여 있다.

그렇게 순수 회화를 그리기 시작하여 51세가 되는 해 첫 개인전을 열었다. 진짜 화가가 되었다는 감회에 휩싸였다. 다른 그림, 남들이 그리지 않는 그림. 평소에도 남이 하는 것은 하지 않았던 그였다. 주변에서는 어린애 같다고 하지만 그는 하나에 집중하면 그 끝을 봐야 하는 스타일이다. 한 번은 운전면허를 따고 서울 시내에서 주행 연습을 하다가 그날로 바로 부산까지 갔다가 경주, 7번 국도를 따라 강원도 고성 통일전망대를 보고 진부령을 넘어오기도 했다. 자동차 바퀴,

시간과 공간 2

신문지, 마대, 그물, 수막, 고목에 핀 꽃 등 대상이 바뀌어갔다. 몸이 아픈 아내와 함께 찾은 한의
원에서 발견한 마댓자루를 스케치하느라 아내가 한참을 자신을 쳐다보다가 혼자 간 것도 모른
일도 있었다. 지금도 그림을 시작하면 누가 오는지 가는지 알 바가 아니었다. 이런 스타일이어서
지금도 작업장은 커다란 컨테이너 박스 안에서 혼자 하고 있다.

　사실 그의 이런 고집과 근성은 지금의 그를 있게 한 힘이었다. 그는 한 번 마음을 먹으면 그것을 이룰 때까지 흔들리지 않았다. 예전 초상화를 그려 잘나갈 때 일이다. 차지철 경호실장이 5·16기념관에 걸 600호 크기의 선글라스를 낀 박정희 소장의 그림을 그려달라고 했는데 내키지 않는다고 거절했다. "작품을 안 하면 재미없을 줄 알라"던 경호실 차장의 협박에도 움직이지 않았다. 김재규 중앙정보부장의 중재로 유야무야됐지만 강단이 없으면 못 할 일이었다. 한때는 초

상화를 그리기 싫어 사업을 하기도 했다. 첫 번째는 남산 기슭 필동에 1만 평 목장을 내고 양들을 길렀다가 말아먹었고, 두 번째는 보일러 공장을 해서 성공을 거두기도 했다. 두 번 다 자신의 생각을 바로 실행하였고 누구에게 기대어본 적이 없었다. 현실에 닥치면 궁즉통, 즉시 답을 찾아가면서 그는 공익을 위한 일이 옳다는 것을 깨우쳤다. 그래서 자기처럼 어렵게 그림을 그린 이들을 위한 문화 공간을 만들 결심을 했다.

　　이러한 생각을 현재 이상원 갤러리 관장을 하고 있는 둘째 아들 이승형이 적극 지지하여 인사동 사거리에 '갤러리 상'을 설립했다. 1997년 당시 임대보증금만 40억이 넘는 220평의 커다란 갤러리. 돈 없는 젊은 미술가들을 위한 공간이자 일반인들의 순수 미술 감상을 위한 배려였다. 임대료 등 손해를 보면서 10년을 버티다가 자연환경이 좋고, 자신의 고향 쪽에 미술관을 건립할 계획을 세우고 착착 준비도 진행했다. 그의 그림은 외국에서도 인기가 높았는데 1998년, 연해주 주립 미술관 초대전을 시작으로 프랑스 세인트 살페트리에 성당 전시회(1999년), 국립 러시아미술관 전시회(1999년), 2001년 중국 상하이미술관 초대전 등 '입지전적 독학 화가'로 인기를 끌었다. 특히나 국립 러시아미술관은 세계 3대 미술관 중의 하나로 생존 작가로서는 처음 전시를 한 것으로도 유명하다. 한 러시아 평론가는 이상원의 그림을 "산업사회의 도래와 함께 밀려난 전통적인 세계에 대한 향수"라며 동양적이면서도 강렬한 휴머니티를 내재하였다고 엄지 척을 하였다.

해변의 풍경

1990년대 후반에는 '동해인'이라는 인물 연작으로 그의 재능이 최대한 빛을 발했고, 이 화풍은 인도 바라나시 여행에서 영감을 얻은 '영원의 초상' 인물화 연작으로 이어졌다. 그리고 이번에 새로 전시된 이 화백의 그림은 단연 '흙'이었다. "생명체는 결국 흙에서 잉태되고, 죽으면 흙으로 돌아간다. 흙은 빨간색이 아닌데도 강렬하지. 흙 아니면 낼 수 없는 색감, 요사이 나는 이것에 매료돼 있다"며 환하게 웃는다. 왠지 천상병의 「소풍」이라는 시가 생각났다. 천의무봉, 이제는 무엇을 하더라도 그대로 그림이 되는 경지가 아닌가 하는 생각을 해봤다. 보통 사람들은 그의 성공만을 말하지만 그의 오래고 고됐던 노력에 대해서는 관심을 두지 않는다. 그는 이 모든 게 앞으로 그릴 그림을 위해 있었다고 믿는다. 아직 자신의 대표작은 그려지지 않았다고 생각한다. 하루하루 새롭고 하루하루 신명을 바친 그림이 아니라면 아무 의미가 아니라는 이 화백은 청년이다. 그것도 자신의 그림에 우주를 담는다는 시퍼런 작가정신으로 벼리어 있다. 모쪼록 아직도 꼿꼿한 등처럼 품 넓고 깊은 감동을 주는 그림으로 우리 모두에게 더 큰 기쁨 주기를 기대해본다.

그림은 내게
삶의 최전선이자
아늑한 즐거움

이장우

1986년 서울 생.
2017년 가나인사아트센터에서 첫 번째 개인전을 시작으로 지금까지 8회의 개인전을 개최.
강원일보 창간 75주년 기념전, 강릉미술협회 정기 회원전 등 다수의 그룹전 참여.
2018년 올해의 청년작가상(한국기독교미술인협회) 수상.
국립현대미술관 미술은행, 동해시청 등에서 작품 소장.

우리는 "신은 인간이 견딜 수 있는 만큼의 시련을 준다"는 말을 믿고 있다. 그렇지만, '견딜 수 있는 만큼'의 임계치에 대해서는 쉽게 말을 하지 못한다. 사람마다 생김새가 다르듯, 나의 고뿔이 남의 중병보다 더하다는 말처럼 그 고난의 절대치가 있을 수 없기 때문이다. 동계올림픽이 한창인 시절, 강릉아트센타에서 작지만 의미 있는 전시회가 열렸다. 세상에 두 번째로 선을 뵈는 이장우 화가의 그림은 선이 굵고 대담하다. 모네와 고흐를 좋아한다는 그는 울뚝불뚝한 재질감으로 굳센 느낌의 작품을 그린다. 강렬한 색감과 서진 속도감, 역동적인 구도 등 중장년의 거친 남자를 떠올릴 듯도 하지만 실제의 그는 조용하고, 성실하고, 예민한 성정을 지닌 이제 33세의 청년 작가이다. 아빠의 약국 2층에 있는 화실에서 그는 아침부터 저녁까지 꼬박 9시간, 10시간이 넘도록 그림을 그린다. 그는 자폐증을 갖고 있다.

작업 중인 이 작가

몸과 말이 불편한 그를 대신하여 어머니와 이런저런 얘기를 나누었는데, 만약에 그가 미술을 안 했다면 어떤 삶을 살았을지 궁금했다. 어머니 정용주 씨는 조심스럽지만 단단한 어투를 갖고 있었다. "아마도 자기만의 공간에서 혼자의 세계에 빠져 게임과 인터넷이나 TV로 세상과 소통하면서 살아가고 있을 것이다. 재수가 좋다면 뛰어난 기억력과 성실함을 특징으로 하는 단순노동자가 되었을 수도 있을 것이다. 실제로 대학교 때, 시각디자인 교수가 장우는 그림과 컴퓨터를 다른 사람보다 잘하니까 관련 회사가 장우를 이해만 해준다면 디자인 업종에 취직할 수 있을 것 같다고 말한 적이 있었다"고 한다.

처음에 자폐를 갖고 있는 아이들이 그렇듯 사회성을 기르기 위해 그림 등 몇 가지를 했는데 그림을 좋아했다. 그래서 초등학교를 졸업하던 해 이모가 살고 있는 미국으로 잠시 나갔다. 아무래도 미국은 선진국이라 자폐아늘에게 좀 더 나은 교육 환경을 세공하지 않을까 하는 기대감이 있었다. 예상대로 미국에서는 따돌림이나 괴롭힘을 당하지 않고 자유로운 분위기 속에서 자기가 할 수 있는 것을 조금 깨닫게 해준 것 같다. 사회나 과학 시간에 다른 아이들은 나폴레옹과 인체에 대해 글로 서술할 때, 장우에게는 잘하는 그림으로 설명할 수 있게 배려해주었다.

그렇게 미술 시간에 잘 그리는 것을 보고 학교 선생님의 얼굴을 그리게 해서 학교와 근처 공원에서 두 번 조그만 전시도 해주었다. 공원에서 사람들이 자기 그림을 보고 있을 때, 자기가 작가라고 하면서 자신감을 가지고 스스로 사람들에게 다가가는 모습을 처음 보았다고 한다. 그때 무척 기뻤다고 한다. LA에서 컬리지를 다닐 때 한국인이 경영하는 갤러리에서 장애우 세 명의 그림을 함께 전시를 해주었다. 장우와 소아마비 형과 루게릭병을 앓고 있는 형이었다. 그때 장우가 처음으로 그림 소품 두 점을 250달러, 500달러에 팔았다. 그때 장우에게 너의 직업은 화가이고 화가는 그림을 판매해서 독립해서 살 수 있다고 말해주었다. 아마도 한국에서라면 미대를 가기 위해 틀에 박힌 입시 준비를 하느라 자기가 하고 싶은 그림을 그리지 못할 공산이 컸을 것이다. 장우는 선생님이 가르치는 것이 정석이라고 생각하고 자로 잰 듯이 그대로 했을 것이다. 관동대에서 복수 전공을 할 때 미술학과가 있었다면 미술을 전공했을 텐데 다행히도 미술과가 폐과가 되어서 시각디자인을 전공했다. 시각디자인 공부가 오히려 장우에게는 그림에 도움이 되었던 것 같다. 컴퓨터 활용과 사물을 보는 시각, 다양한 아이디어 공부 등, 많은 것들이 도움이 되었다.

3월에 내리는 눈

경포바다

미술에 대한 흥미는 이렇게 자연스러웠고, 지금도 혼자 뭔가를 만들거나 그리기를 좋아하며 누가 자기 그림을 보고 칭찬해주는 것을 좋아한다. 지금도 사진을 찍으러 가거나 교회를 가는 시간외에는 집에 있는 재활용품이나 일주일에 한 번 흙으로 도자 수업을 받으며 여가시간을 보내고 있다. 요는 "혼자만의 세계에 갇혀 살던 장우에게 다른 세상을 바라볼 수 있는 시간을 갖게 하려고 그림을 그리게 했는데, 이제 그림이 그의 세계 대부분을 차지하게 되었다. 소외되어 스스로 살아가기 힘든 세상에서 자기가 가장 잘할 수 있는 것, 즉 그림을 통해 사람들이 장우를 보는 시선이 달라지고 그를 사회의 한 구성원으로 인정하게 되었다. 그 생각을 하면 너무 기쁘고 감사하다"며 아직도 벅찬 목소리이다.

그림을 그리며 에피소드가 있느냐고 물었더니 올해는 강릉에 눈이 오지 않아 눈 풍경을 그리지 못했는데 올림픽 기념전 전시 기간 중에 눈이 많이 온 날이 있었다. 이날 이장우 작가가 이층 화실에서 보이는 마을을 사진으로 찍어 4일 만에 80호 그림을 그린 일과 월드컵 때 우리나라가 경기에 패해서 차두리가 우는 모습을 TV에서 물끄러미 보다가 하룻밤에 그것을 그린 일을 꼽았다. 아무튼 화실 창문으로 보는 매일의 일상을 아름다운 그림으로 나타낼 수 있는 것이 그가 가진 장점 중에 하나가 아닐까 생각한다. "사람마다 좋아하는 그림이 다르다는 것을 전시 때 알았다. 우리 가족도 좋아하는 그림이 다르다. 엄마는 두껍게 그린 소나무를 좋아하고 아버지는 바다와 구름을 그린 경포 바다를 좋아한다. 장우의 친형은 아파트 그림을 좋아해서 장우에게 패밀리 디스카운트로 50% 해서 10개월 할부로 샀는데 아직도 입금을 하지 않고 있다"며 환하게 웃으신다. 그 웃음은 비로소 아들이 조금이나마 삶에 필요한 장치를 갖추어간다는 안도와 감사일 것이다.

이장우 화가는 장애를 갖고 있지만, 그 장애로 집중력 같은 장점도 있어 보인다. 그림을 그리는 방식이나 속도에 대해 소개를 해달라고 하자 "장우는 세상과 어떤 미술 사조에도 관심이 없기 때문에 아무것도 의식하지 않고 자신의 그림을 자기 느낌대로 그린다. 숨겨진 빛을 볼 수 있는 능력과 타고난 색채감과 공간 지각력으로 남들보다 쉽고 빠르게 그리는 것 같다"고 얘기한다. 그는 밖에 나가 사진을 찍어 맘에 드는 것을 컴퓨터 작업으로 구도를 잡아 그림을 그린다. 그림 소재와 캔버스에 대한 두려움이 없기 때문인지 머뭇거림 없이 자신의 방식대로 밑그림도 없이 바로 그리기 시작한다. 집중력이 있어 더 빨리 그릴 수 있지만, 보통은 일주일(토, 일요일은 쉼)에 한 점씩 그리고 있다고 한다.

이제 두 번째이지만, 사람에게 무엇을 끌어냈는지 전시 요청이 이어지고 있다. 2017년 가나인사아트센터에서 첫 개인전을 가진 후, 강릉미술협회에 가입하여 미술협회 정기전과 강릉아트센터 개관 기념전을 다른 사람들과 함께했다. 패럴림픽 기간 중에 강릉아트센터에서 올림픽 기념전으로 개인전을 했고, 4월 3일~22일에 서울 횃불 트리니티 갤러리에서 초대전이 있었다. 다음 전시는 시간을 가지고 천천히 준비할 생각이라고 한다. 요즘 이장우 화가는 월요일에서 금요일까지 아침 10시쯤부터 저녁 7시까지 화실에 있다가 집에 간다. 엄마가 있을 때도 있지만 거의 혼자 화실에서 그림을 그린다. 집에 가서는 자기 취미 생활(재활용품으로 움직이는 사람 만들기, 컴퓨터 게임, 레슬링 보기, 어도비 일러스트레이터와 포토샵을 이용해서 그림 그리기, 일본 만화 보면서 일본어 익히기)을 한다. 토요일은 자기 방 청소와 재활용품과 쓰레기를 버리고 엄마를 많이 도와준다. 일요일은 아버지와 엄마와 함께 교회에 가고 오후에는 사진을 찍으러 간다.

경포소나무

묵호 등대마을

　　10년 후 이장우 화가의 모습을 그려보라는 말에 "여전히 다른 사람들을 의식하지 않고 굳이 새로운 그림을 보이기 위해 애쓰지도 않고, 지금처럼 자기가 표현하고 싶은 자기만의 그림을 꾸준히 그리고 있을 것이다. 10년 후면 우리나라 곳곳의 아름다움을 찾아 여전히 자연을 그리는 작가가 되어 있을 것이다. 전시 중에 장우 그림을 보고 마음이 따뜻해져서 치유를 받는다는 말을 많이 들었다. 그림을 보고 우는 사람도 여럿 있었다"며 미소를 짓는다. 실제로 강릉 전시 때에 80세가 넘은 할머니가 소나무 그림을 한 점을 샀다. 미술을 전공한 그 할머니께서는 장우가 미술을 전공했다면 이렇게 하얀색을 과감히 못 썼을 것이라 했다. 소나무 뒤에서 나오는 하얀 빛을 보면서 아침을 맞이하면 행복할 것 같아서 그림을 산다고 하셨다. 이처럼 10년 후에도 사람들에게 감동과 행복을 주는 그림을 그렸으면 좋겠다는 말을 덧붙인다.

미국에서 중학교 2학년 때 유화를 처음 시작한 이래 한국에 돌아와 10년간 그림을 그렸지만 작년에 이어 두 번 전시한 그림 70여 점 대부분이 2014년 이후의 그림들이었다. 최근에 들어올수록 그림이 좋아지고 있다는 것이다. 보관된 그림이 많아 오래전에 전시를 할 수도 있었는데, 첫 전시회를 위해 많이 기다렸다. 한 해, 한 해가 갈수록 그림이 좋아졌다. 그때 조급한 마음으로 일찍 전시를 했다면 지금처럼 사람들이 좋아하는 그림으로 전시를 하지 못했을 것이다. 첫 개인전을 서울 인사아트센터 1, 2층 200평 공간에서 했는데 이때 좋은 작품을 많이 보여주어서 사람들에게 강한 인상을 주었던 것 같다. 아버지는 약사이지만 미술대학을 가고 싶어 했고, 그림에 대한 안목과 관심이 많아 서울에 살 때는 인사동에 자주 가며 그림에 대한 열정과 사랑을 키웠다.

　　장우는 서울과 강릉 두 번의 전시회를 치루며 자신감이 생겼다. 전시 기간 중 사람들이 작가 님이라고 부르면서 칭찬하고 감동하는 것을 보고 많이 좋아했고 행복해했다. 그리고 전시 중에 작품이 팔리는 것도 좋아했다. 장우는 독립하려면 본인이 돈을 벌어야 한다고 생각한다. 이것은 '너의 직업은 화가이고 화가는 그림을 판매해서 돈을 벌어 생활하는 사람'이라고 배웠기 때문이다. 지금 장우의 꿈은 미국으로 돌아가서 그림을 그리는 것이다. 한국에 돌아올 때, 미국에 다시 간다고 엄마가 거짓으로 약속한 것인데 그것을 믿고 있다. 장우에게 미국에 가지 못할 것 같다는 말을 어떻게 해야 할지 고민이다. 돌아올 때 미국에서 살고 싶은 집도 사진 찍어 왔다. 자기의 꿈을 이루려면 그림을 많이 팔아서 돈을 모아 미국에서 그 집을 사야 한다고 생각하고 있다. 작년에 인사동에서 전시를 할 때, 일주일 동안 엄마와 함께 장우가 전시장을 지켰는데, 컴퓨터 앞에 앉아 판매된 그림은 따로 파일을 만들어 그림을 가져가면 언제 통장으로 돈을 보내오냐고 물었다. 그리고 선시는 액자 없이 했는네 이번 서울 전시에는 그림에 액자를 했다. 그랬더니 강우가 액자를 하면 그림이 더 많이 팔리느냐고 물어서 한참 웃었다. 혹자는 예술을 돈으로 계산하는 예술의 상업화를 부정적으로 보기도 한다. 하지만 화가는, 특히 장우와 같은 작가는 돈이 돼야 자립으로 살아갈 수 있다고 생각한다.

언제쯤 이장우 풍의 진경산수화가 이룩될 수 있을까. 언제일지 모르나 그의 집중적인 작업 방식으로 보았을 때 그리 멀지는 않아 보인다. 그에게는 누구도 따라할 수 없는 그만의 세계가 있기 때문이다. 그 일례로 장우가 고등학교에 다닐 때 어떤 남자를 작은 캔버스에 그리고 있었다. 누구를 그리느냐고 물어보았더니 초등학교 5학년 때 담임 선생님이라고 하였다. 장우가 선생님 이름을 기억하고 인터넷에서 선생님 사진을 찾아냈다고 한다. 그 선생님은 다른 아이들과 똑같이 장우를 대했다. 편식이 심한 장우에게 억지로 먹게 하고, 수업 시간에 딴짓을 하는 장우를 엄하게 꾸짖었다. 자신의 세계에 갇힌 자폐아들을 가르칠 때는 시간을 두고 그 아이를 알아야 하는 인내가 필요하다. 하지만 그 선생님은 당시 대부분의 선생님들처럼 자폐증에 대해서는 거의 모르면서 교육의 명목 아래 많이 꾸짖고 혼을 냈던 것 같다.

그 그림이 완성되자, 장우는 침대에 누우면 정면으로 보이는 곳에 그림을 걸어놓았다. 그리고 그날부터 시간이 날 때마다 그림 속에 있는 사람과 이야기를 하였다. 어느 날은 무슨 말을 하다가 화를 참지 못해 괴성을 지르기도 하고, 또 어떤 날은 잘못했다고 용서를 빌기도 하였다. 이렇게 사춘기가 시작된 장우는 과거의 선생님과의 좋지 않은 기억 속에 갇혀 고통스러워하면서

주위 사람들에게도 예민하게 반응했다. 감정을 통제하시 못하고 아무에게나 사주 화를 내었나. 처음에는 사회성 문제라 봤는데 이런 과격한 행동이 자폐증 아이들의 사춘기 2차 증세임을 알게 되었다.

　　자폐증 아이들이 사춘기가 되면 자신의 감정을 스스로 억제하지 못하여 폭력과 정신 분열 같은 증세가 나타날 수도 있다고 한다. 그리고 실제로 자폐증 아들이 사춘기 때 심한 정신 분열증이 생겨 병원에 입원시킨 부모를 만난 적이 있었다. 일 년쯤 지난 후에 장우가 벽에 걸려 있던 그 그림을 내렸다. 그림 속 선생님과의 대화는 어떻게 끝이 났을까 궁금했지만 오랜 시간이 지난 후에서야 그림을 내린 이유를 물어보았다. 선생님이 이제 자기를 용서해준다고 해서 그림은 내렸지만, 한국에 가면 선생님을 찾아가서 다시 용서를 빌고 싶다고 말했다. 그리고 실제로 한국에 돌아와서 서울에 장우가 다녔던 초등학교에 갔다 왔다. 비록 선생님은 못 만났지만 학교에 다녀오고 난 후부터 그 생각을 완전히 잊어버렸다고 한다.

태백 자작나무

이를테면 이장우 식의 통과제의를 겪은 셈이라 할 수 있을 것이다. 우리는 G20이니 해서 우리의 발전상을 자랑하지만 기실 정상인의 무한 경쟁만을 부추길 뿐 제대로 된 선진국의 면모를 갖추기는 요원하다. 지금도 장애 아동을 둔 부모들은 지옥을 지내고 있거나 내가 죽으면 이 아이들을 어쩌나 하는 예정된 지옥에 절망하고 있다. 나름의 애를 쓴다고는 하지만 그만큼 장애인들을 대하는 시스템이 부재한 상황이다. 그나마 이장우 화가의 예는 아주 행복하고 특별한 일일 것이다. 선진국은 자신들의 수사와는 관계없이 세상의 그늘지고 힘없고 불편한 존재들에 대한 따뜻한 시선과 제도적인 안전망 확립의 존재 여부로 가늠되는 것이 아닐까. 어쨌거나 이장우 화가는 지금 무섭게 노력하고 있고 성장하고 있다. 그의 그림에는 어떠한 장애의 흔적도 없다. 아니 오히려 사람들의 지친 영혼을 위무하고 응원한다. 어쩌면 '다 힘들다. 힘내라! 나도 열심히 가고 있지 않느냐!'라는 삶의 준엄한 경각을 줄지도 모른다. 그리하여 우리는 서로를 응원한다. 우리의 생은 소중하고 또 그만큼 엄선한 것이기에 허술하게 허비하지 말라며 서로의 손을 잡아준다. 이장우 화가의 그림이니까 그것이 가능할 것이다. 그래서 그의 그림이 소중하고, 그의 노력과 집중이 각별하다. 그의 건필을 기원한다.

나무의 뼈와 바람이
일구는 달빛,
삶의 저편

이재삼

국립강릉대학교 미술학과, 홍익대학교 대학원 서양화과 졸업.
박수근미술관, 미메시스아트뮤지엄, 아트사이드갤러리, 젊은달와이파크 등에서 개인전 35회 개최.
국립현대미술관 서울관 개관1주년기념 <정원>전, 홍콩 크리스티 아시안컨템포러리아트 등 400여 회 국내외 단체전 참여.
1988년 중앙미술대전 장려상 수상.
2015년 구글아트프로젝트 <구글 아트앤 컬처> 한국작가 선정.
2018년 제3회 박수근미술상 수상.
2006~2008년 가나아트센터 아뜰리에 장흥아트파크 레지던시, 2003~2005년 이영미술관 아트스튜디오 레지던시 참여.
국립현대미술관, 미술은행, 서울시립미술관, 경기도미술관, 이영미술관, 하나은행, 나이키청도연구소,
㈜코오롱본사, 청남대역사박물관, 미메시스아트뮤지엄, 국회 스마트워크센터 등에서 작품 소장.

양평의 햇살 잘 드는 둔덕에 있는 작가의 작업실은 무언가 주변과 튀는 듯도 하고 어울리는 듯도 하게 있었다. 뒤로 얕은 산을 배경으로 딱 맞춤이다. 주거하는 작은 집 옆 마당을 지나 있는 작업실은 덩치가 두세 배쯤 크다. 건물의 높이도 7~8미터가 넘는 그야말로 '공장'이라는 말이 떠올랐다. 마당에서 간단한 인사를 나누고, 육중한 작업실의 문을 여는 순간, 헷! 하고 순간적으로 숨이 막힌다. 작업실 전면에 펼쳐진 옥수수 대삭 그림 때문이었나. 서녁 어스름인지, 달빛 아래인지 수도 없이 늘어선 옥수수가 창기병처럼 꼿꼿이 삼엄하게 서 있는 장면이었다. 높이 2미터 30센티에 넓이 9미터가 넘는 <저 너머>라는 작품은 흡사 내가 늦여름 밤의 어느 밭둑에 서 있는 기분이었다. 하마 무릎 밑으로는 벌레 울음소리가 들리는 듯도 하였다.

작업 중인 작품 앞에서 포즈를 취한 작가

실제로 공장을 하던 곳을 인수해 수리한 작업실에는 나무나 숲, 폭포를 통째로 들어다놓은 듯한 그림들이 사방으로 즐비하였다. 그림마다 하나의 이야기를 품고 있는 듯했다. 달빛 어스름이 고고하여 바람 소리, 풀벌레 울음소리, 소담한 거문고 소리가 묻어날 듯하였다. 나무를 태운 숯을 물감으로 삼는 이재삼 작가(이하 이 작가)의 작품은 그만큼 독창적이어서 나무의 육신이며 뼈인 목탄을 전혀 새로운 재료로 승화시켰다. 이 작가는 어느 인터뷰에서 "검정은 모든 색을 머금고 있으며, 흑과 백은 무채색이 아닌 근원적인 색채다. 꿈처럼 의식의 밑바탕에 깔린 무의식의 감각적 색채는 흑백이다. 내 작업의 검은 화면은 여백이 아닌 삼라만상의 숲과 나무들을 품고 빛을 기다리는 보이지 않는 끝없는 무한대의 공간이다"라고 하였다. 과연 그의 그림에서의 검음은 단지 어두운 것이 아닌 무언가 그 안에 생명의 비밀을 보듬고 있는 것 같았다. 안내를 받아 올라간 이층 전시실에는 바다가 있고, 바위가 있고, 산이 있고 보기 드물게 채색이 된 매화나무 몇 그루가 있었는데 작업실도 그렇거니와 이에 딸린 수장고와 직접 캔버스 제작을 하는 곳까지 일련의 작업 라인이 짜임새가 있었다.당연하게도 미대(단국대)로 진학을 했다. 지방에서 올라간 학생들은 대부분 기숙사나 자취를 하기 마련인데 기숙사는 등하교 시간의 규율이 엄격해서 자유분방한 그에게는 맞지 않는 상황이라 내친김에 학교 실기실에서 살아보기로 했다. 그러니 행색은 거지꼴이었다. 물감이 잔뜩 묻은 바바리코트에 머리를 길러 장발을 하고 다녔는데 때마침 『거지왕 김춘삼』이라는 소설이 유행하던 시절이라 배철수 닮은 거지왕 정춘삼이란 별명을 얻었나. 학부생 땐 평면 작품이 반부조로 조금 변하고 졸업 후 입사한 회사가 인테리어와 작품 수준의 고급 철제 가구 생산업체라 자연스럽게 정크아트 장르로 넘어오게 되었다. 모든 사물이 예술화되어 눈에 들어오고 그걸 조합하는 과정에서 입체의 철재 조각으로 방향을 잡게 되었다.

작업실 한 켠에 마련된 응접탁자는 정갈하였다. 자기만의 호사라며 틀어주는 음악과 커피에 몸과 마음이 따뜻해졌다. 이 작가는 머리만 조금 빠졌을 뿐 큰 키에 열정적이었으며 무엇보다 눈빛이 형형하였다. 먼저, 어떻게 그림을 시작하게 되었는지 물었다. 그러자 "지난 어린 시절에는 공책 앞뒷면 빈 곳이라면 만화 그리기로 가득 채워졌고, 학교 운동장보다는 혼자 다락방에서 종이와 연필만 가지고 노는 게 좋았다. 그 옛날 초등학교 졸업식에서 담임 선생님이 두 손 꼭 잡으시며 '재삼아 너는 꼭 화가가 될 꺼야'라는 말씀 한마디가 뇌리에서 잊혀지지 않는다. 그리고 아버님이 읍내에서 시계점을 하셨는데 수리를 하시던 섬세한 손 재능을 그대로 빼닮아서인지 나는 지금 그림을 하고 있다"고 말한다.

"그렇게 미술대학을 졸업 후 작가를 꿈꾸며 그림을 그리던 어느 날 30대 중반을 넘어 이른바 '직업의 사춘기'라는 것이 찾아왔다. 현재 내가 하고 있는 작업에 대한 근본적인 질문이었다. 지금껏 살면서 학교에서나 일상에서나 내 자신이 한국 사람이라는 정체성과 자존감을 일깨워주는 그 누구도 없었다. 그렇다면 나는 누구인가?라는 되물음이 곧 어떤 그림을 그리며 살 것인가에 대한 근본적인 회의감이었다. 중국은 어릴 적부터 먹과 화선지로, 유럽은 유화 물감에 체득되어 그들만의 문화 토양에서 미술 교육을 받고 자라는데 우리의 경우는 아무런 성찰 없이 서양의 조형 이론과 잣대로 미술을 대하는 게 현실이다. 그러면 우리의 미술의 교육은 어떠한가. 크레파스 수채화 물감 그리고 하얀 석고 데생 그림이 모든 것인 것처럼 제시하고 흉내 좀 내면 칭찬하는 아무런 자각도 없는 무책임한 서구 문화 사대주의가 아니겠는가"라고 말한다.

　"또한 지역성이라는 것은 전 세계의 모든 나라에 고유한 문화이며 정신적 가치이다. 나는 한반도에서 태어난 한국 사람의 한국 회화로 승부를 걸면 어떨까라는 생각에 로컬리티에 집중하였다. 이것은 전면적으로 다시 시작하자는 생각에 지금까지 갖고 있던 그림의 태도나 방식의 고정관념을 버리고 다른 돌파구를 찾고자 용기를 낸 끝에 이 땅 한반도를 알기 위해 구석구석 뒤지는 오지 탐험이었다. 주로 몇 백 년 이상 된 수많은 노거수와 숲을 찾아다니면서 내가 누구인지를 끊임없이 되물었다. 이런 과정을 겪으며 떠오른 것이 '달빛'이라는 테마이다. 한국을 비롯

해서 동아시아권은 달의 문화권이다. 달은 기원, 위안, 풍취, 정서의 대상인 것이다. 달빛을 보며 소원을 빌고, 님을 그리워하고, 시조를 짓고, 정한수를 떠놓는 한국인에게는 최초의 미디어이며 늘 곁에 자리했던 위안의 대상이다. 그러나 그러한 성서를 시삭화한나는 세 쉽지 않있는데, 칠흑 같은 어두컴컴한 밤에 달빛이 내려앉은 나뭇가지 위에 그늘과 그림자에 집중하면서 나의 그림은 서구의 '풍경화'가 아닌 한밤의 달빛을 품은 밤의 정경 '풍광화'로 탄생되었다. 달빛은 색채를 떠난 형태의 영혼이다"라고 한다.

밥상이 바뀌었으니 반찬도 바꿔야 했다. 그래서 나온 것이 숯, 목탄(Charcoal)이다. 이 작가는 일반적으로 회화하면 대부분 작가들에게 유화나 아크릴이 관행이지만, 달빛을 포착하기 위해서는 기존의 재료를 넘어야 한다는 생각으로 석탄, 백탄, 흑연 등등 자연의 재료를 연구하며 많은 시행착오를 거쳤다. 그중에서도 어느 날 목탄이 이 작가에게 매력으로 다가왔지만 분진 가루가 날려서 드로잉이나 소묘로밖에 쓸 수 없는 한계성을 가진 재료였다. 하지만 3년을 작업실에서 칩거하며 목탄과 씨름한 끝에 회화적인 재료로 승화시켜 지금까지 운명처럼 함께해오고 있다고 한다. "목탄은 인공 미술 재료에서 느낄 수 없는 묘한 마력이 있다. 목탄은 나무를 태운 숯인데 나에겐 다소 신성함으로 다가오는 재료이다. 나무가 산소 하나 없는 밀폐된 숯가마에서 온종일 불사르고 난 후 재가 되기 전의 검디검은 자태이자 또한 숲의 육신이 마지막으로 남긴 나무의 뼈이자 사리이다. 촛불은 제 몸을 불태워서 빛을 발하지만, 목탄은 나무였던 스스로를 연소시켜 자신의 온몸을 숲의 이미지로 환생시키는 영혼의 표현체이다. 또한 목탄의 무광택 칠흑의 색채는 빛을 품는 모성적인 재료라 생각되어 더 소중했다." 가히 목탄에 대한 원천 기술을 가진 자의 긍지가 이곳저곳에서 묻어났다.

애기는 도입부도 없이 바로 핵심으로 가고 있었다. 그래서 어릴 적 영월에서 자란 이야기를 해달라고 하자 "60~70년대 고향은 사방천지가 감자, 옥수수 구황 작물 천지였고, 동강 뚝방 길엔 밤이 되면 달맞이꽃 자태, 화전민들의 척박한 삶의 모습, 화력발전소로 드나들던 석탄차의 행렬, 주변은 온통 산으로 둘러싼 병풍 같은 풍경이었다. 이 모든 것이 흑백영화 필름 같은 기억은 작가로 사는 내게 커다란 자산이다. 그 당시 화실 하나 없던 곳에서 화가를 꿈꾼다는 것은…… 혼자 해결해야 할 게 너무 많았다. 헌책방을 뒤지면서 일본 미술 서적을 구입하여 그림의 눈높이를 익혔고 방학 때면 서울에 올라와 소묘를 배웠는데, 지금 생각해보면 강원도 촌놈이 읍내에서 시계포 하시던 아버님의 집안 장학금 혜택을 많이 받았다. 그 시절엔 그림 좀 한다고 하면 학교 미술부에 들어가 각종 실기대회 참가를 빌미로 수업도 제끼고 화구 박스를 챙겨서 단종의 문화 유적인 장릉, 청령포, 금강정에서 이젤을 펴놓고 똥폼 잡던 것이 큰 위안이었다"라며 빙긋 웃는다.

관련하여 작업 방식이나 속도에 대해 소개를 부탁했다. "세계 곳곳에서 열리는 비엔날레, 도큐멘타 행사를 보면 알 것이다. 서구의 현대 미술은 온갖 개념을 내세우며 작품 앞에 수식어와 말로 하는 미술이다. 우리나라도 예외는 아니어서 매년 국제적, 세계적이라는 명분을 내세우고 온갖 아트페스티벌이 열리는데 이런 현상에 발을 담그지 않는 게 내 작업 방식의 출발점이다. 길게 보면 그 현상은 결국 서구의 콤플렉스이거나 그들의 짝퉁일 것이다. 그래서 나는 구차한 말이 필요 없어도 되는 그림으로 지향점을 세웠다. 직관과 감성에 호소하는 그림, 감각적인 것보다 감성에 호소하는 그림인 것이다. '달빛'이라는 어둠의 빛이 주된 주제어서 '밤의 정경' 즉 음(陰)을 예찬하는 그림이다. 빛이 주제여서 사물의 형태를 묘사하는 것보다는 사물의 볼륨을 끄집어내는데 나무, 폭포, 운무 등은 달빛을 표출하기 위한 빛을 품은 매개체이며 투사체인 것이다."

　"작가로 산다는 것은 누구나 고정적인 수입이 있는 것이 아니어서 통장에 잔고가 얼마 남지 않았을 때에 가족에게 가장 미안한 마음이다. 왜 옛말에 춥고 배고픈 직업이라 했겠는가. 그림 몇 점 그렸다고 작품이 팔려서 돈이 바로 주어지지 않기 때문일 것이다. 작가는 그림을 그릴 수 있는 작업실만 있어도 이미 반은 성공한 것이니 작품에만 집중하고 그 후 세상이 인정하고 다가올 때까지 기다려야 하는 것은 작가의 소명이자 숙명이다. 그리고 작가라는 직업만큼 행복한 일

작품 3

이 또 어디 있겠는가. 누구 눈치 안 보고 하고 싶은 대로 내 맘대로 살고 붓을 드는 날까지가 정년이니 말이다. 그런데 요즘 작가들이 스스로를 전업 작가라고 하는데 작가로서 스스로가 자부심이 결여되었을 때에 쓰는 호칭이라 생각된다. 세상의 모든 직업에서 전업 아닌 게 어디 있는가. 전업 의사, 전업 공무원, 전업 변호사라고 하지 않듯이 작가도 마찬가지다. 굳이 전업이라는 접두어가 필요 없는 그냥 작가이다. 작품에 모든 것을 쏟으면 전업이니까."

작품 4

작업은 오래전부터 야간형에서 주간형으로 바꿔서 일반 직장인처럼 작업실을 출퇴근하고 있다고 한다. "나도 20년 전까지 만해도 낮엔 빈둥빈둥 한량이다가 해지고 밤만 되면 바쁜 척했던 시절이 있었다. 허나 평생을 할 직업이라면 연애하듯 감성적인 것보다는 이성적인 일상의 리듬이 필요한지라 수간형 인간으로 새롭게 태어났다. 시커먼 밤을 그리는 내가 아직도 밤에 그림을 그렸다면 아마도 밤의 정령에 사로잡혀 죽었을지도 모를 일이다." 이 작가는 "작가는 작품 앞에 있을 때가 최고의 권력이다. 그리고 나는 내가 해야 할 일만 믿는 사람이다"라고 말하며 앞으로의 행보에 농밀한 작품 탄생을 예고하고 있다.

　"혹여 강원도 출신으로 손해를 본 것은 없는가?"라는 질문에는 오히려 인맥이 없어 자유로워 좋다고 한다. "세상과 마주하면서 이 좁은 대한민국 미술판에도 학연, 지연의 미술 정치와 미술 사회가 있다는 현실을 보며 많은 생각이 교차했다. 솔직히 이 땅에서 출세하려면 단순히 열심히만 해서 되는 것이 아니고 많은 영양가 있다 하는 사람과 사회생활도 하며 서로 엮여야 되고, 때론 연출되고 포장한 모습으로 약게 살아야 하는 게 현실 아닌가. 그러나 강원도 태생인 나는 누구를 찾아가 인사할 사람이 애초에 없을 뿐만 아니라 쓸데없이 주변을 맴돌아 다니지 않아도 되니 역발상으로 이보다 더 좋은 조건에 어드밴티지가 어디 있겠나. 결국 작가는 스스로의 독존과 각개 전투의 삶이 아니던가. 미술에서 무슨 사단이니 협회니 하는 제도권에 한발 떨어져 승부하면 어떨까 다짐을 했다." 말하자면, 이재삼 작가가 미술 사회, 미술 정치에 아랑곳 하지 않고 훌쩍 벗어나 달빛을 찾아 나선 까닭이 되는 대목일 것이다.

작품6

　　칸딘스키와 함께 바우하우스에서 학생을 가르쳤던 미술가 '파울 클레'는 "미술은 보이는 것을 표현하는 것이 아니라 어떤 것을 보이게 하는 것"이라는 말을 했다. 그의 <달빛 작품>이 꼭 이 이야기가 아닐까 하는 생각이 들었다. 아침 일찍 작업실로 출근해서 빈둥거리다 작업하다 멍 때리다 작업하다 하루를 끝낸다는 이 작가는 다가올 시간도 지금까지의 모습의 초심 그대로 살면서 작업실에서 위대한 칩거를 꿈꾸겠다고 한다. 그리고 늦은 밤 와인 한 잔으로 피로한 마음을 녹인다며 웃는다.

젊은 작가들에게 한마디 조언을 해달라고 했다. "요즘 시대에는 젊은 작가들이 너무 일찍 화랑에 픽업이 되어 재능이 피기도 전에 자본화된다. 다양한 작품 모색과 경험으로 힘든 시기가 왔을 때에 작가로 버틸 수 있는 면역력을 키우는 시간을 스스로 만들어야 할 것이다. 그러나 세상 모든 것이 그렇듯 할 놈은 어떤 상황에서도 하는 게 작가이다"라고 덧붙인다. 사탕을 너무 먹으니 이가 썩는 것처럼 독과 약은 한 치 차이라 절대적인 것은 없다고 한다. 특히 너무 일찍 소년등과하여 승승장구하는 것이 작가의 삶에선 꼭 좋은 것만은 아니라고 강조한다.

전시회1

전시회 2

지금도 얼마나 많은 작가들이 풍찬노숙에 악전고투를 하고 있는가. 인터뷰 모두에 "젊은 날 이상으로 꿈꾸던 것이 지금은 일상의 현실이 되었다"라고 하는 이 화백의 눈빛은 또 맑기도 깊기도 했다. 그러면서도 "어둠 속 긴 터널을 걸으며 그 끝의 작은 빛줄기를 찾는 몸부림이 작가의 소명이다"라고 당부와 걱정으로 말을 맺는다. 아마도 길을 떠나는 아이들을 바라보는 어머니들의 마음이 저랬을 것이다. 하여 고샅길을 돌아가는 후학들의 길을 밝히기 위해 매달아놓은 저 달처럼 절실하고 이득힌 마음 말이다. 모두가 밝은 것을 향해 뛰어길 때 제 혼자 뒤돌아 어둠으로 걸어가는 걸음은 어떠했을까. 그리고 이제 그 어둠 속에서 이 밝은 세계로 보내는 그의 작품은 또 어떤 의미를 지니고 있을까. 어둡고 밝다. 아프고 힘없는 그늘을 비추는 그의 위로가 위안이 되었으면 좋겠다.

오방색으로
꽃 피우는
고고학적 기상

임근우

1958년 춘천 생.
홍익대학교 미대 회화과, 동대학원 졸업.
개인전 53회, 국내외 단체전 2,000회.
현재 강원대학교 미술학과 교수.

이상하게 오래된 것이 좋았다. 어릴 때 학교 오가는 길은 가까웠지만 그는 중간 중간 지석묘와 개석(蓋石)들이 있는 동네 어간을 돌아다니길 좋아했다. 걸어서 3시간이 넘는 길이었으니까 힘이 들었고 그러다보면 지석묘에도 들어가보고 개석 위에서 낮잠을 자기도 했다. 고무신을 신고 다니는 길이니 달리 장난감이 있을 리도 만무했지만 이 돌들을 껴안고 놀기를 좋아했는데 어쩐지 손때가 묻고 오래된 태가 나는 것들이 좋았다. 그러는 사이 고대 인류의 숨결이라도 배었는지 문득 '나는 무엇인가? 나 이전의 시간과 공간 혹은 나 이후의 시간과 공간은 무슨 의미인지' 등에 대한 고민이 시작됐다고 한다. 그렇게 시간이 흘러 그는 여전히 시간과 관련된 그림 작업들을 진행하고 있다. 춘천 천전리의 지석묘나 고인돌 등 오래된 흔적을 그림의 주요 소재로 하고 있는 시양화가 임근우의 이야기이나. <Cosmos-고고학석 기상도> 시리즈는 그의 트레이드마크가 될 만큼 지금까지 줄기차게 이어지고 있다. 실제로 동아시아고고학 연구소 이사와 서울·경기 고고학회 회원이기도 한 그에게 고고학은 고대로부터 웅혼하게 이어지는 굳센 생명력의 끈 같은 것으로 여기에 주술 같은 작가의 기원이 덧씌워지는 것이다.

서초동 작업실, 작업 모습

그래서 기상도(氣象圖)이다. 그의 <Cosmos-고고학적 기상도> 연작에는 말과 기린, 젖소가 조합된 동물이 머리에 꽃을 피우고 등장한다. 말처럼 활기차고, 젖소처럼 풍요롭고, 기린처럼 상서로운 상상 속의 존재라고 한다. 이와 함께 중절모자도 많이 등장한다. 그러니까 이 중절모는 고고학 혹은 고고학자의 모자이다. 기상 캐스터가 "내일의 날씨를 말씀 드리겠습니다"라고 말하는 것처럼 그림 속 고고학자는 우리가 살고 있는 이 땅의 산하를 바탕으로 다가올 미래를 예견하고 디자인한다. "일기예보 기상도 속에는 구름이 둥실둥실, 고고학자의 중절모도, 사랑하는 마음도, 생명의 싹도, 옛날과 오늘 그리고 내일을 오르내리는 계단도, 모든 게 둥둥 떠다닌다. 오늘도 나는 자유로이 떠다니는 하얀 구름 냄새가 좋다!" 이렇게 그의 기상도에는 오랜 선사 시대부터 이어지는 사람과 자연에 대한 평화와 자유, 꿈이 함께 덩실 어울리는 한바탕 춤판이 되는 것이다.

고등학교 국정교과서
<2002 한일월드컵>

▲ 임근우(한국/1958-) 고고학적 가상도 - 축제의 깃발(대나무, 천/45×65×21cm/2002년 작) - 2,002개의 대나무에 한국의 오 방색 깃발을 매달아 상암 경기장 앞에 설치한 작품으로, 세계인의 월드컵 함성을 펼펄이는 깃발로 이미지화하였다.

고고학적 가상도 - 축제의 깃발(2002 상암월드컵경기장 조형물)

고고학적 기상도-봉의산성도

1995 국전 대상

그러니까 그는 소낙비의 배후가 북태평양 고기압과 시베리아 저기압의 충돌이었음을 밝혀내듯 우리가 사는 일의 비밀과 안녕을 궁구하고 기원하는 마음으로 그림 작업을 한다. 그는 1994년 MBC 미술대전 '대상' 수상과 1995년 제14회 대한민국미술대전 '대상'을 수상하며 작품 활동에 전환기적 탄력을 맞았다고 한다. 그것은 바로 내가 가는 길에 대한 동의와 확신이었다. 공교롭게도 이때부터 그의 그림에 꽃과 다채로운 색채가 본격적으로 등장하게 된다. 모범생 같고 따뜻하게 보이는 외모처럼 그는 권위노 경식노 다 녹여버린 것처럼 보인다. 미대를 졸업하고 강원대로 출강을 하면서 그는 고향인 춘천에 대한 생각들이 더 애틋해졌다고 한다. 2002년 FIFA 월드컵 공식 문화행사 메인 설치 작품이었던 깃발 작품은 세계인들에게 찬사를 받았다. 이는 후에 춘천마임축제의 단골 오브제가 되면서 축제의 성가를 더 높여놓았다.

그의 작품들은 현재 국립현대미술관을 비롯하여 미술은행, 한국문예진흥원, MBC 문화방송국, 바르셀로나 국제현대미술센타(Barcelona), Museo del Ferrocarril(Madrid. Spain), 대한민국 국가정보원, 경기문화재단, 한국토지주택공사, 노동부장관실, 아랍 에미리트 왕실, 청와대 등에 소장돼 있고 지금까지 개인전 33회(서울, 춘천, 부산, 바르셀로나, 베이징, 도쿄, 오사카, LA 등)와 국내·외 아트페어부스 개인전 및 단체전 1,000여 회의 전시 기록을 갖고 있다. 강원대학교 미술학과 교수이자 전업 작가이긴 하지만, 좀 많다 싶은 활동이다. 그의 아내는 전시 계획이 잡혔다는 얘기를 들으면 넌지시 보약을 내놓는다고 한다. 그러면 그는 무슨 작전을 부여받은 병사처럼 이때부터 술도 끊고 전시가 끝날 때까지 모든 에너지를 쏟는다고 한다.

신한양도성도

IM GOONOO

춘천의 선사 고대문화, 예술로 꽃피우다

임근우의 '춘천 고고학적 기상도' 5色 展

2016. 03. 07 ~ 04. 06

개막식 | 3.7(월) 오후2시 국립춘천박물관 (통합개막식)

* 다섯 곳의 개막식은 국립춘천박물관에서 통합개막식으로 개최
* 통합개막식 후 네 곳 전시장을 아트투어 셔틀버스로 순회
* 오후 5시 KT&G 상상마당 춘천에서 리셉션

국립춘천박물관 | 3.7(월) ~ 4.3(일)
춘천문화예술회관 | 3.7(월) ~ 3.18(금)
춘천미술관 전관 | 3.7(월) ~ 3.18(금)
갤러리4F 전관 | 3.7(월) ~ 4.6(수)
상상마당갤러리 | 3.7(월) ~ 4.6(수)

주최 | 국립춘천박물관 상상마당 G1강원민방 공동주최

국립춘천박물관 (033-260-1500) KT&G상상마당 (070-7586-0550) G1강원민방 (033-248-5300)
춘천문화예술회관 (033-259-5841) 춘천미술관 (033-241-1856) 갤러리4F (010-5279-5785)

* 아트투어 버스 : 개막식당일 오전 11시 인사동 남인사마당 (낙원상가남측) 출발   (담당자 : 마혜런 010-7168-4873)

춘천 고고학적 기상도 - 5색전

지금까지 삶을 대하는 기본 생각이 궁금하다고 묻자 빙긋 웃으며 "내 삶을 수학 공식처럼 하자면 'F=ma'로 풀어본다. 나에게 질량(m)은 현재다. 캔버스와 물감 그리고 지금의 이 열정이 그것이다. 가속도(a)는 과거로부터 축적된 경험과 미래의 꿈을 향한 속도다. 이 둘이 만나 예술적 에너지(F)가 생성되는 것이다. 나는 매 시간 새로운 창조물과 마주하는 순간 행복을 느끼고 이것을 진짜 삶으로 여기며 살고 있다"고 대답한다. 그는 얼마 전까지 서울시에서 발주한 <신한양도성도> 작업을 하였다. 한양도성 길이 18,627km를 상징하는 18,627명의 유네스코 등재 기원 메시지를 작품에 담는 시민 참여형 작품이다. 이제 그 작업이 마무리 단계여서 조금 여유를 찾으려는데 국립 춘천박물관에서 전시 건의가 왔다고 한다. 이름하여 <춘천의 선사 고대문화, 예술로 꽃 피우다>展이다. 그런데 이 소식을 들은 지역의 전시 기획자들이 기왕이면 춘천의 다른 전시장에서도 함께하자고 강권하여 국립 춘천박물관, 춘천문화예술회관, 춘천미술관, 갤러리 4F, 상상마당 갤러리 이렇게 5개 전시장에서 동시 개최하는 초유의 듣보잡의 이벤트가 열리게 되었다.

유토피아 꿈꾸는 행복의 서사시

이번 전시는 '북한강 청동기 유적-중도 신매리 발굴 성과'(1980)와 '천전리 지석묘 조사'(1915년), '춘천 근세 지도 제작 100년'(1916년), 'Cosmos-고고학적 기상도 작업 25년' 등을 기념하자는 부제가 붙어 있다. 모두 350여 개의 작품이 전시되는데 우리의 과거와 미래가 오늘의 화폭에 나란히 펼쳐지고 있다. 레고랜드가 들어서는 중도에는 퍼즐식으로 맞춰지는 고대 고인돌의 새로움이 있고, 복숭아꽃을 머리에 피운 상상 속 동물이 풍요롭게 선경(仙境)을 거닌다. 또한 100년 전 춘천의 세밀 지도를 밑그림으로 한 작품이 현재적으로 해석돼 지리적 현실성을 새로이 하는가 하면 그냥 흘러갈 고향 풍광에 대해 각별한 시각으로 의미를 부여한다.

작품1

작품 2

작품3

"작가는 고향의 양분을 먹고 산다." 임근우 화가가 화두로 삼고 있는 말이다. 어떤 예술가도 자신의 고향에서 영육의 자양분을 얻게 되는 것은 차라리 자연스러운 일이겠지만 임 작가는 이것을 넘어 고향의 산과 강, 돌 하나까지 형상화하고 의미 부여를 하고 있다. 그는 작가가 작품을 만들 때 무슨 사회적 기여를 염두에 두지는 않겠지만, 진심을 다하면 결과적으로 순기능을 한다고 믿는다. 일례로 겸재의 <인왕제색도>나 <금강전도>가 지금 얼마나 귀중한 사료적 가치와 예술적 성취를 갖는가. 그는 이런 마음으로 작품을 하고 있다. <봉의산성도>를 그릴 때는 봉의산이

몽골과 일본, 그리고 북한과의 전쟁 때 전투의 근거지가 되었고, 또한 춘천의 진산으로 갖는 의미와 가치를 새로이 찾아줄 때 진정한 랜드마크, 마인드마크로서 문화 콘텐츠가 된다고 생각한다. 작가 임근우는 영어 이름을 IM GOONOO로 쓴다. 나는 근우(I'M GOONOO)라는 뜻이다. 그는 이제 자신의 이름 석 자로 세상과 부딪친다. 그만한 자신감 뒤에는 자신의 길에 대한 확신과 긍지가 있을 것이다. 강원도 춘천을 자양분으로 하는 작품들이 세계인들의 가슴에 공명하길 빌며 그의 건필을 빈다.

작품 4▶

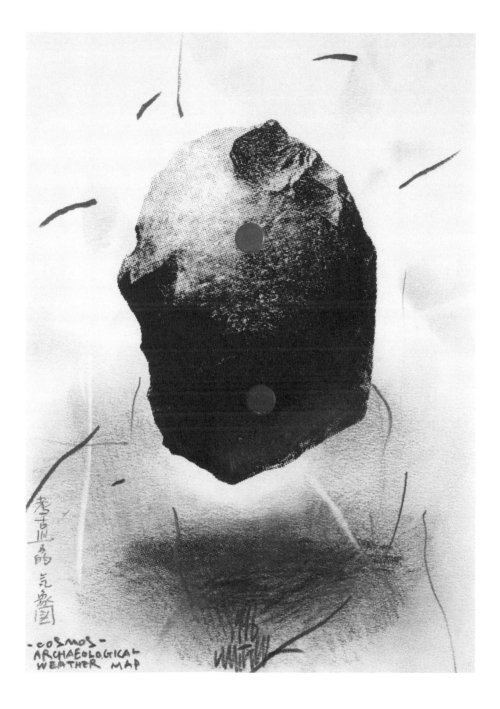

考古世界的
气象图

-COSMOS-
ARCHAEOLOGICAL
WEATHER MAP

따뜻한 세상 향해
렌즈로 짝는 詩

임재천

다큐멘터리 사진가.
2000년부터 현재까지 사라지고 변해가는 한국의 오늘을 기록하는 데 무게를 두고,
각 지역마다 드리워진 다양한 삶의 풍경을 사진으로 담고 있다.

우문이지만, 우리나라에서 사진을 찍는 사람들은 몇 명이나 될까? 일단 우리나라 스마트폰 보급률이 2015년 기준으로 88%를 차지해 조사 국가 중 세계 1위이다. 2위가 77%의 호주, 이스라엘, 미국, 스페인의 순서다. 인구를 5천만으로 할 때 4천만 명 이상이 스마트폰을 갖고 있으며 이 중 최소 2천5백만 명 이상이 정기적으로 사진을 찍는 활동을 한다고 볼 수 있을 것이다. 이 정도면 가히 사진은 현대의 새로운 문자라고 봐도 이의가 없을 지경이다. 이런 시대에 전문 사진작가들은 무엇을 생각할까.

　극구 사진작가라는 말을 싫어하는 임재천 사진가는 "지금은 놀이와 소통의 도구로 많이 쓰이고 있지만 사진은 기본적으로 기록의 매체이다. 있는 그대로의 현실을 기록하는데 작가라는 호칭을 사용한다는 것은 어울리지 않는다. 그런 면에서 나는 우리 사회에서 점차로 사라지고 변해가는 동시내 사람들의 삶이 스민 풍상과 공산을 남는 작업을 하는 것이지, 예술을 하는 것이 아니다"라며 기어코 사진가로 불러달란다. 커다란 풍채에 불가의 남자라 할 헤어스타일에 이라크 참전 용사 같은 복장을 하고 있다. 여러 종류의 사진 장비를 들고 다니는 까닭일 텐데 실제로 그는 전투를 하듯 사진을 찍는 것이었다.

촬영 중인 임작가

그는 경북 의성군 탑리에서 나고 자랐다. 의성은 강원도의 산을 무색케 하는 첩첩산중이다. 어릴 때 우연히 만난 외국인에게 건네받은 다큐멘터리 잡지인 『내셔널지오그래픽』이 그를 사진가의 길로 이끌었다고 한다. 무슨 인연인지 잡지에 담긴 형형색색의 세상과 사람들에게 마음을 빼앗겼다. 라이카, 캐논, 니콘, 코닥 등 카메라 관련 장비들이 초미의 관심이 되었다. 그런데 그는 사진학과가 아닌 서울예술대학 문예창작과를 나왔다. 사진학과의 엄청난 교재(카메라 장비 등)비를 감당할 수 없었기도 했지만 무엇보다 사진을 하는 데 있어 중요한 것은 이론과 기술이 아니라 사진에 자신의 마음을 담는, 즉 감정 이입이라고 믿었던 까닭에 선택한 길이었다.

학교를 졸업하고 이런저런 잡지의 사진 기자를 하며 사진을 익혔다. 이후 전업 사진가로 나서서 국내 유명 대기업과 중소기업의 사내/외보를 비롯해 국내 양대 항공사에서 발간하는 기내지에 사진을 실었다. 또한 국립 김해박물관 개관 10주년 특별전인 <낙동강>의 사진 촬영과 전시 사진가로 참여했으며, 환경부가 서천 장항에 세운 국립 생태원 건립 과정 3년을 단독으로 기록하는 등 현재에 이르기까지 전업 사진가로 살고 있다.

2007년 9월에 17년간 살던 부천을 떠나 춘천시로 이사를 왔다. 무작정 강원도가 좋다고 부인과 합의가 되자 곧바로 생면부지의 춘천으로 이사를 온 것이다. 그를 처음 만난 것이 2007년 시월의 일이니 어느덧 10년이 다 돼간다. 사진가라는 게 좋은 풍광이나 아름다운 것을 즐기는 호사로 알고 있었는데, 그를 보며 사진이 자판이고 결재 서류고 쏨짝없이 까질 상관의 지시 사항과 같다는 것을 알게 됐다. 한 아이와 아내를 건사하며 국민의 절반 이상이 사진을 찍어대는 나라에서 사진으로 생존해가기란 그리 쉽지 않은 것이다. 그렇지만 그는 특유의 넉살과 도전으로 누구도 생각지 못하는 일들을 신명나게 만들어간다.

그 하나가 '50+1, 2015 강원도'이다 작년 제주도에 이어 두 번째 프로젝트다. 뭐고 하니 한 명 당 1백만 원씩, 50명의 후원자가 성원이 되면 그때로부터 후원금을 받아 1년 동안 강원도 곳곳을 찍는다. 이렇게 얻어진 사진들 중 50점을 2주간의 전시를 거쳐 후원자들이 1/9번 에디션으로 소 장하는 프로젝트이다. 제주도에 이은 강원도 행사가 올해 서울에서 있었고, 이젠 세 번째 부산으 로 이어지고 있다. 천천히 보아야 잘 보인다는 말도 있지 않은가. 작가가 1년 동안 한눈팔지 않고 어떤 한 지역을 집중해 찍는다는 것은 작가도 좋고, 대상도 좋은 일이다. 지금 그는 부산의 어디 쯤에서 바다 바람을 맞으며 카메라를 붙들고 있을 것이다.

강원 춘천 하중도 선착장, 2010

강원도 속초시 청호동, 2016

강원도 특집전을 했으니 그 후감을 안 들어볼 수 없었다. "강원도 작업을 하면서 자연환경 파괴와 전통적인 부락의 멸실로 인해 과연 사진으로 기록하고 담을 만한 강원도만의 가치가 남아 있을까 하는 우려가 있었어요. 아니나 다를까. 곳곳에서 기우가 아니었음을 보여주었어요. 특히 동계올림픽 지역인 평창은 그 정도가 극심한 지경이었어요. 화천과 양구 등은 그 지역만의 정체성이나 삶의 모습을 보여주는 가치들이 전무한 상태였구요. 물론 군사 지역으로 묶여 있다는 것도 크게 작용했으리라 여겨졌지만 실제론 해당 지자체의 몰지각한 개발로 인한 가치 상실이 더 크다고 느껴졌어요." 실제로 발로 샅샅이 훑은 강원도에 대한 이쉬움이 간뜩 묻어 있다.

그래도 좋았던 것은 없었느냐 물었다. "다행스러웠던 것은 그러함에도 고성과 속초, 강릉, 동해와 삼척과 영월과 정선 등의 이면에 자리한 실로 놀라운 자연환경과 역사 유적들을 만났어요. 반드시 보전되어야 하고 또 후대에 물려줘야 할 절대적인 유산임을 깨닫게 되었구요. 특히나 정선군 백전리의 고랭지 비탈밭을 겨리질하는 암소는 인상적이었어요. 고랭지 밭의 특성상 2마리 소가 아닌 1마리 소가 겨리질을 하게 되는데 암소들은 새끼가 곁에 없으면 겨리를 하지 않아서 새끼를 같이 데리고 하더라구요. 서 있기도 힘든 비탈밭에서 힘든 노동으로 침을 질질 흘리면서도 한시도 새끼 소에게서 눈을 떼지 않던 어미 소들과 순박하면서도 정겹던 그 백전리 사람들이 아직도 눈에 선합니다."

강원도 영월군 한반도면 쌍용리

부산 남구 우암동, 2016

안이비설신의(眼耳鼻舌身意)…… 인간의 감각을 이루는 주요 통로이다. 이 오감 중에 시각이 차지하는 비중은 절대적이다. 비주얼, 뷰포인트 등 갈수록 '보는 것'만이 도드라진다. 하물며 맛도 보여주고, 멋도 보여줘야 하는 시대이다. 종종 미술과 사진 장르의 구분에 혼란을 느끼는데, 아무래도 사진은 태생 자체가 기계 기술의 발전과 연관돼 있고, 이 점이 미술과 다른 점일 것이다. 그래서 사진은 SNS의 발달과 찰떡궁합이다. 카메라 비중이 더 큰 휴대폰은 이 현상을 가중시키고 있다. 그는 장차 DSLR 카메라 자체가 없어질 뿐더러 사진이나 포토그래프라는 말 대신 이미지 크리에이터나 이미지 프로듀서라는 신조어가 생길 것이라 예측한다. 그러고 보면, 줄곧 필름 작업만 고집하던 그도 디지털 카메라를 쓰고 있다. 필름이 생산되지 않으니 방법이 없더란다.

흔히, 카메라의 기계적인 특성에 기대어 카메라 렌즈처럼 세상을 객관적으로 보자는 말을 많이 하는데, 렌즈로 보는 세상이나 사물은 객관적인가? 하고 물었다. 그러자 그는 "세상에 객관이 어디 있는가. 렌즈도 도구이다. 그 도구를 활용해 자신의 세계를 만들어가는 것이다. 이렇게 보면 렌즈가 중립적이라는 것은 또 하나의 이데올로기"라 단언한다. 그래서 카메라든 세상이든 이런 발전에 대해 낙관해도 좋을지 조심스레 물었다. 잠시 생각에 잠기던 그는 "기술적 진화가 나쁠 것은 없지만 사람들이 지금보다 더 표피적 즐거움에 빠질 위험이 많은 것은 유감"이라며 한걱정이다.

전남 고흥군 대서면 남정리, 2018

뭐, 미래야 어쨌든 닥칠 것이니 흐르는 대로 지켜보면 될 일이다. 좋아하는 사진가를 물으니 "전몽각, 김기찬, 최민식"이라고 한다. 지금은 『골목 안 풍경 30년』, 『윤미네 집』 사진집이 2,3쇄를 찍는다거나 '최민식 사진상'이 생길 정도로 각광을 받고 있지만, 세 분 다 아마추어 취급을 받으며 외롭게 시대를 기록한 사진가들이다. 보통 사람들의 골목에서 그들의 눈물과 애환과 웃음과 성정을 기록한 성과들이다. 그러고 보니 그의 사진에도 거개가 사람이 등장한다. 사람들의 눈을 압도하는 자연의 스펙터클함도 경이를 주지만, 야트막한 동네에 조용히 서 있는 나무 한 그루도 신한 삼농을 순다. 그는 오래전부터 길과 사람들을 주제로 한 작업을 해왔다. '50+1'도 결국은 이렇게 사라지는 것들의 소중함을 잘 간직하자는 더 큰 전제가 있었다. 그를 현대판 김정호라고 하면 어떨까. 전국의 사라져가는 지문을 찍는 수집가.

그러고 보면 우리는 어디로 달려가는 것인가. 아폴로의 착륙으로 달은 더 이상 애틋함이 되지 못하고 사라지는 장독대로 어미의 오로지한 마음도 찾아보기 어렵다. 어딘가 가려지고 신비한 아름다움은 사라지고 대신에 사람의 눈보다 더 자세하다는 광고가 번뜩인다. 이른바 영상의 시대이다. 그의 말대로 렌즈에도 편향이 불가피한 것이라면, 보다 적극적인 대응이 필요할 터이다. 21세기의 문화 방식이 수많은 데이터베이스를 활용하여 재배치하고 결합시켜 디제잉하는 방식이라면 당연 원재료가 중요하다. 그러므로 밝고 따뜻하고 열린 자료들이 많을수록 우리 사회는 더욱 따뜻해질 것이다.

전남 영암, 2006

전북 임실군 덕치면 구담마을, 2018

그렇지만 세상은 좀체로 따뜻해지지 않는다. 승자 독식, 각자도생의 생태계가 더 폭넓게 심화되고 있는 상황이다. 아이러니지만, 법 없으면 살기 힘든 세상이 됐다. 하기사 법이 있어도 이현령비현령이 일상이 된 시대인지라 사람들은 뾰족해지는 것이다. 꼭 이런 살풍경에 대응하기 위함은 아니지만, 그는 폭력을 싫어한다. 남을 배려하지 않고, 일정의 잣대 안에 재단하려는 일방의 통제를 싫어한다. 그는 우리 사회에 수시로 행해지는 폭력에 대해 "그만" 하고 외치고 분노한다. 그리하여 그는 작고, 핍박받는 존재들에 눈길을 보낸다. 이것이 그가 사람과 여타 존재들과의 관계를 보는 기본 입장이다.

그래서 사진은 무언가? 라는 질문에 "저는 사진을 사랑의 한 극점이라고 생각해요. 그 대상이 사람이든 풍경이든 그것들에 대한 저의 사랑하는 마음과 그것들이 지니고 있는 사랑의 순간을 포착한 한 장의 기록물이야말로 사진의 본질이라 믿어요. 또한 제게 있어선 사진이 삶 자체이기도 하구요. 그래서 앞으로 하고 싶은 작업은 많지만 '50+1' 프로젝트가 총 9년으로 예정되어 있는 만큼 이를 끝까지 잘 마무리하는 데 총력을 기울일 작정이에요. 만일 예정대로 2022년까지 우리나라 6개 도, 3개 시를 모두 담은 9권의 사진집을 잘 발간하게 된다면 이후 남한과 북한 양국 정부를 설득해 북한의 9개 도, 3개 시를 사진으로 담는 프로젝트를 이어가고 싶다"는 야심찬 속내를 밝힌다.

제주 신창리, 2006

오십 줄을 넘실거리는 나이에도 펄럭이는 정의감을
어쩌지 못해 분노할 줄 아는 무균질의 순정남……. 그는
아들이나 아내와의 전화 통화 말미에 언제나 "사랑해"라
는 말을 잊지 않는다. 주위 사람의 눈총에도 꿋꿋하다. 하
기사 사는 일이 따지고 보면 사랑하는 일이다. 그는 이렇게
따뜻한 세상을 위해 찍는다. 그렇게 또 한 10년쯤이 지나
면 그의 카메라에 포착된 세상은 어떤 모습일지 사뭇 궁
금하다. 남다른 시선을 기대하며 그의 건승을 빈다.

오래 고인 시간,
오래 들여다보는 그림

전수민

전수민은 어디선가 본 것 같지만 그 어디에도 없는 풍경을 그린다. 전통 한지와 우리 재료 특히 옻칠을 이용해 우리 정서와 미지의 세계를 표현하는 한국화가다. 한국은 물론 미국 워싱턴 D.C. 한국 문화원, 프랑스 아리랑 갤러리, 이탈리아 베네치아 레지던스, 중국 생활미학 전시관 등의 초대전을 비롯한 19회의 개인전 그리고 일본 나가사키 현 미술관, 프랑스 슐레 등의 단체전 90여 회, 각종 해외 아트 페어에 참여하는 등 활발한 작품 활동을 해오고 있다. 주요 작품으로는 <아직 듣지 못한 풍경>(2012), <일월산수도>(2013), <일월산수도-피어나다>(2014), <일월연화도>(2015)(2016), <일월부신도>(2017), <일월초충도>(2018), <일월모란도>(2019), <일월몽유도>(2020)등이 있다. 현재 화천소도마을 대안학교 '신농학당'의 교장으로도 근무하고 있다. 또한 그림 수필집 『이토록 환해서 그리운』(2016), 『오래 들여다보는 사람』(2017)을 출간했다. 2018년 6월부터 경향신문에 일 년 반 동안 매주 칼럼을 기고했다.

하필이면 봄이 되어서 물은 오르고, 새순은 내밀고, 대지는 젖어 푸근해지는지. 하필이면 봄이 되어서야 오래 잊었던 사람이 생각나고, 바람에서도 고향의 냄새가 맡아지는지. 하필이면 이 봄에 강원도 화천군 사내면 어디쯤으로 전입 신고를 마친 전수민 화가의 소식이 들려오는지. 강원도의 그 많은 산과 숲과 나무와 바람 중에서도 왜 하필이면 꼭 그곳이어야 하는지 궁금했다. 춘천에서 한 시간여~ 소설가 이외수 작가가 사는 곳과 같은 '관내' 지역에 자리 잡은 '신농학당'을 찾았다. 호리병 입구 같은 초입 길 오르막을 지나자 과연 널찍하고 푸근한 땅이 야트막한 산에 둘러싸인 채 둥그렇게 놓여져 수북하게 햇살을 모으고 있었다.

작업 중인 전작가

"안녕하세요. 한국화가 전수민입니다." 마치 인사는 오래전부터의 숙제였다는 듯 가볍게 악수를 청하는 작가는 다소곳했지만 명랑하였다. 덕분에 어색한 격식이 풀리고 말았다. 신농학당의 훈장이신 금유길 님이 정성스레 내려준 커피와 빵을 먹으며 이야기를 시작하였다. 별 질문 없이도 술술 자연스럽다. 다른 것은 몰라도 인터뷰만큼은 "프로~^^"라는 혼자 생각도 슬몃 하며 얘기를 듣는데, 어느새 빠져버린다. 대학 때 문헌정보학을 전공하고 8년여 직장 생활을 하다가 새로이 미술 공부를 시작했다는 그녀. 직장 생활 동안 별 재미도 없었고, 열심히 살면 살수록 부채만 쌓이는 희한한 경험을 했다는 그녀. 그래서 다 때려치우고 오래전부터의 소망이었던 미술을 하기로 결심한 그녀.

　　막막했지만, 근처의 창원대학교 미술학과 등록금을 알아보니 그때 돈 120만 원 정도, 가난했지만 어찌어찌 융통을 하면 장만할 것도 같아서 바로 미술학원에 등록하고, 시작한 지 얼마 안 돼서 어찌어찌 한국화과에 입학을 하고, 그렇게 붓을 잡고서야 비로소 행복했다는 그녀. 이상하게 미술을 시작하고, 사는 일에 재미가 붙었고, 하는 일마다 조금씩 풀려나갔다고 한다. 학교 졸업을 하며 참가한 서울 청년 아트페어 등으로 서울 진출을 하면서 그녀는 서서히 화가로 변모를 해갔는데 그 와중에 누구보다도 페이스북 등 SNS의 도움을 많이 받았다고 한다. 그러다 최돈선 시인의 책에 삽화를 그리게 되면서 문학을 만난 것도 엄청 좋았다고 한다. 이른바 문학의 감수성과 상상력을 확장하는 중요한 계기가 되었다고 한다.

"학교 다닐 때 미대부설 고화연구소 활동을 하며 여러 가지 민화와 고화 변형 작업을 했었는데 아마 그때 훈련이 되었던 듯해요. 지금도 연구소 활동을 같이하고 있지만, 창원대 한국화 대학원생들이 주축인 연구소에서는 우리 그림을 복원하고 모작하여 해외와 국내에 알리는 작업을 이어가고 있지요. 민화는 뜻그림으로 만약 부귀영화를 기원하고 싶으면 '모란'을 그리거나 음양의 화합과 조화는 꽃과 나비, 괴석을 함께 그리는 식으로 이른바 스토리에 대한 공부가 된 셈이에요. 여기에 문학적, 신화적 상상력이 그림에 반영되기 시작했던 것 같아요." 지금 생각하면 미국, 프랑스, 이탈리아 초대전이 꿈같은 일이었지만, 페이스북 등에서 그녀의 그림을 보고 연락이 오고, 이런저런 이야기를 나누다 자연스레 이루어진 일이라고 한다. 그렇다고, 그냥 알음알음으로 진행된 것은 아니고 공모전에 응모를 하거나 해당 미술관의 엄격한 심사를 거치는 등 나름의 형식을 지났다고 한다.

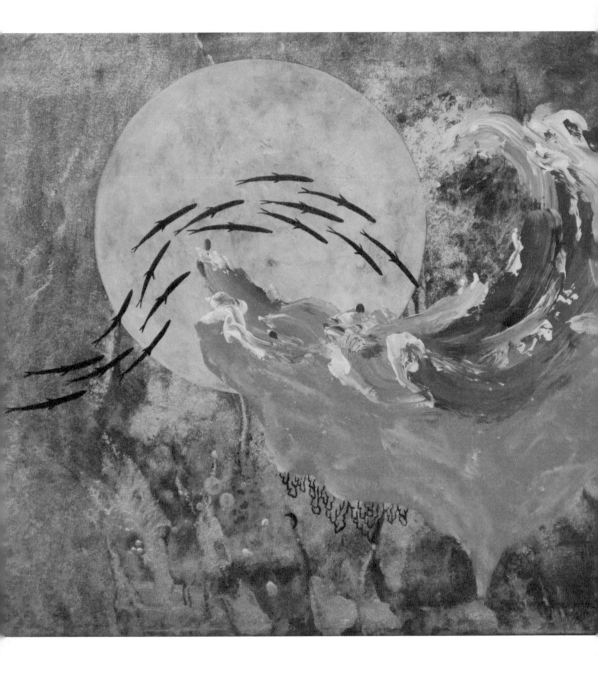

그녀의 그림을 보면 전통의 소재에다가 현대적 기법이라는 것인지, 독특한 구성과 색채감으로 묘한 느낌을 준다. "한지에는 미세한 숨구멍이 있어요. 그래서 물감을 두텁게 바르기보다는 얇게 몇 개의 색을 몇 번의 붓질로 덧칠을 하지요. 색을 올리고, 마를 때까지 기다렸다가 또 한 번 올리고……. 이렇게 작업이 진행이 되는 거지요. 그래야 한지도 숨을 쉴 수 있거든요." 그래서 전 작가의 그림은 오래 들여다보아야 한다. 볼 때마다 그림의 색이 조금씩 달라지기 때문이다. 그래서 색즉시공이었던가. 물끄러미 그의 그림을 들여다보면 한지에서 배어나오는 색들이 먼저 눈가를 돌고 몸을 둘러싸다 허공을 돌고 달을 지나 먼 우주로 사라지기도 한다.

"내 그림들은 깊은 그리움과 오랜 기다림으로 완성된 것들입니다. 한지 위에 켜켜이 쌓아 올려 가슴 안에 층층이 포개진 그리움을 나만의 속도로 표현하는 거지요. '느림'이 '빠름'이란 이름의 시름들을 거짓말처럼 거둬내 버리죠." 그녀의 그림 작업은 시간의 퇴적이라 할 만큼 속도가 느려서 꼼꼼한 정성을 반복해야 하는 것이 전제 조건이 될 정도다. 여기에 쓰이는 재료들도 천연 자연의 것에서 얻은 느릿한 것들을 수로 쓴다고 한다. "우리 그림에는 원근도 없고, 명암도 없어 그림자가 없습니다. 자연에 대한 사실적 묘사보다는 그림이 뜻하는 것을 사람이 보기 쉽게 했던 의도가 아닌가 생각하고 있습니다"라고 말하는 그녀는 이렇게 사람을 위한 쉽고도 따뜻한 그림을 그려나갈 생각이다.

화가인 것이 무엇보다 마음에 든다는 그녀는 수필가로도 불린다. 이미 수필집을 두 권이나 냈기 때문이다. 평소 페이스북에서도 재기가 통통 튀는 문장을 구사하던 그녀의 생각은 책에 일목에도 요연하게 정리하고 있어 한결 책 읽는 맛을 높여준다. "고등학교 때부터 습관적으로 유서를 쓰기 시작했어요. 죽음을 앞두고 쓰는 것이라 삶과는 관계가 없을 것 같았는데 이상하게 결론은 '더 잘 살자'로 맺음이 되어서 차차로 사는 일도 그렇게 더 잘 살아지게 되는 것 같았어요." 말하자면, 그녀는 유서를 일기처럼 쓰게 되었던 것이고, 이 말은 바꾸어 말하자면 매일을 마지막처럼 살며 곱씹어보고, 반성도 하며 성찰하는 삶을 살았다는 얘기도 되는 것이다.

한국화 그리는 전수민의 베니스 일기

오래 들여다 보는 사람

The Diary of Venice

전수민 지음

몇 자루의 붓과 팔레트와 종이,
물감만 있으면 족하다.
최소한의 도구로 나는
나만의 우주를 만들어낸다.

새롬

전수민 책, 오래 들여다보는 사람

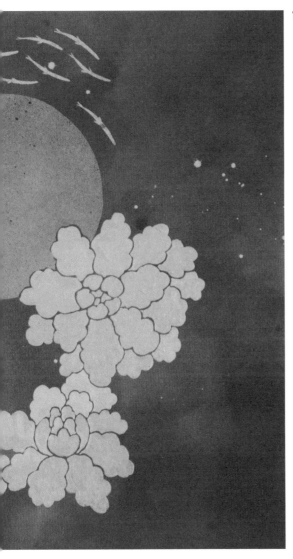
일월몽유도-생명의 만개

어떻게 사는 일이 제대로 사는 것인지 헛갈리는 요즈음 그녀에게 그림은 어떤 의미일까. 그리고 보면 많은 예술가들이 자신의 분야에 빠져 몰두하다보니 자칫 사회와는 담을 쌓고 자신의 세계에 갇혀 지내기가 많은데 그녀는 그렇지 않은 것 같다. 일테면, 전시 수익금 전액을 기부하는 등의 일을 거의 매 전시마다 진행하고 있다. 물론 그녀라고 경제적으로 풍족할 리 없다. 그래서 초대전 등의 전시 계획에 맞춰 그때그때 클라우드 펀딩으로 대처해나가고 있다고 한다. 또한, 그림을 그리고 싶어 하는 일반인을 대상으로 교육을 하고 그 결과물을 함께 전시하는 프로그램과 함께 이곳 회천 신농학당에서 미술 분야를 지도하는 선생님으로서의 역할도 즐거운 마음으로 수행하고 있다.

언뜻, 이제 미술계에서 제법 이름이 높아지고 바빠지는데 사람을 가르치는 일이 번잡스럽지 않을까 하는 생각이 들었다. "저는 느리고(기다려야 하고) 정성이 많은 것, 그런 것들의 소중함을 사람들에게 전하고 싶어요. 보다 인간적이고 보다 사람다운 것, 따뜻한 것. 전통 문화는 좋은 본보기입니다. 늘 사람을 가장 우선시했던 우리의 선조들이니까요. 그런 전통의 의미를 담아 현대적으로 풀어가는 것이 저의 역할이라고 생각해요. 늘 전통 재료를 연구하고 의미를 공부하죠. 그리고 현대적으로 표현하려고 거듭 작업해요. 관심이 있는 사람들에겐 선뜻 시간을 내어 가르치고, 그 사람들이 또한 그렇게 다른 사람들에게 선뜻 마음으로 전해주길 바랍니다." 말하자면 따뜻한 관계망의 릴레이를 제안하는 전 작가의 얼굴이 밝다.

일월부신도1

평소 작품에 대한 영감이나 힌트는 어떻게 생기는지 궁금하다고 하자 전수민 작가는 "제 경우에는 꿈이나 명상을 하는 중에 영감을 얻는 경우가 많다"고 한다. 명상이야 어느 정도 의도적인 노력을 수반하니 그렇다지만, 꿈은 잠을 자는 일의 부수적 해프닝 같은 게 아닌가. 잠을 자면서도 영감을 얻는다는 것은 '도랑 치고 가재 잡는 격'처럼 그 얼마나 감사한 상황이랴. 그렇지만 한편으로는 오죽하면 잠 속에서 꿈으로 나타날까? 하는 생각이 들었다. 그만큼 생활의 온통이 작품이 중심이 된다는 것이겠다고 머리를 끄덕거리게 된다. 그래서 예술가는 이미 자기 혼을 작품에 저당잡힌 사람이라고 하지 않는가.

그림에 달이 자주 등장하는데 특별한 이유가 있는지도 물었다. "제 작품은 달만 있는 것이
아니라, 해와 달이 한 화폭 안에 있거나, 해가 달을 품거나 달이 해를 품는 형상으로 표현되고 있
습니다. 음양의 조화를 이룬 심상의 풍경이지요. 해와 달은 '음양'으로, '음양'은 우주적 생명의 소
극적, 적극적 원리입니다. 보통 '음'은 대지, 달, 어둠, 정적, 여성 등을 상징하고, '양'은 하늘, 태양,
빛, 용기, 남성의 의미를 지닙니다. 해와 달, 여기에 하나를 더하자면 '풍경'을 좋아하는데, 모든 사
람에게 공평하다는 면에서 좋아합니다. 신비한 힘을 갖고 있는 해와 달이 '사람을 위한 풍경'을
연출하는 모습은 얼마나 아름답습니까. 그래서 저도 '어디에선가 본 것 같지만 어디에도 없는' 신
비로운 풍경을 그리려 늘 애쓰고 있습니다."

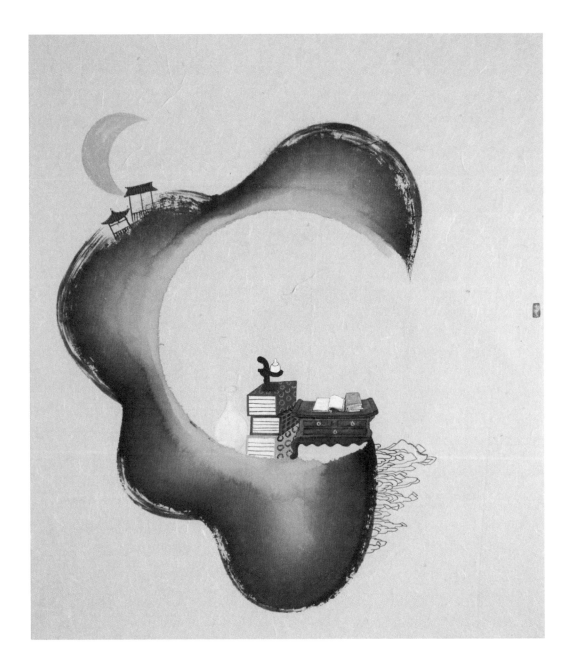

　사실, 문화라고 했을 때 그것을 규정하는 문제는 간단하지 않다. 무엇이 문화인가. 그것이 문화라면, 전통 문화인가. 현대 문화인가. 등등 따지고 들어가면 그만 머리가 딱딱 아파온다. 언제든 구정물은 가라앉게 마련이고, 가라앉게 되면 명백히 보일 것이니, 당대에 당대를 제대로 보려는 일은 그만큼 어려운 일이다. 어쩌면 전수민 작가의 작업은 문명인이 아닌 선사인으로서 보다 근본적인 시간을 들여다보고 천착하길 원하는 것 같다. "최근에 김서령 작가의 『여자전』을 읽었어요. 책 속 우리 어머니들의 숨 막히는 사연과 삶을 들여다보며 눈물범벅이었지요. 그런데 그 와중에 곰곰이 생각해보니, 세상의 희망인 '아이들', 요즘 아이들에게는 그런 스토리가 없잖아요? 스마트폰과 각박한 입시만이 버티고 있어요. 그렇다고 아이들에게 전쟁과 기아를 겪게 할 수도 없는 노릇이고요. 그런 우리 아이들이 삼응하고 감동하는 유일한 매개체가 바로 문화와 예술입니다. 그런데 취업이 되지 않는다는 이유로 폐과되는 문화 예술 학과들이 속출하고 있어요. 이것은 잘못된 거예요. 문화와 예술이 없다면 미래는 없지 않겠습니까." 문화와 예술을 대하는 우리 사회에 대한 볼멘소리도 잊지 않았다.

　　지금까지 그림을 그리며 어떤 일이 좋았는지 물었다. 그러자 대번 "시각 장애 아동들에게 그림을 가르치는 일이요. 아이들은 대개 마이너스 시력이라 검정색과 남색을 구분하거나 노랑과 연노랑을 구분하지 못하기 때문에 말로 색깔을 설명해줄 때가 있는데, 그때는 나는 물론 아이들도 전적으로 나의 색을 믿고 따르게 되지요. 그중 시력이 거의 없는 아이가 나의 말을 듣고 코끝이 닿을 듯 가까이 빠져들 듯 그림을 그리는 모습이 지금도 잊혀지지 않네요."라는 얘기를 한다. 어쩌면 자신이 처한 환경을 뛰어넘는 일에 삶의 숨겨진 뜻이 있는 게 아닌가 하는 생각이 들었다. 당연으로 자신이 처한 환경을 넘기 위해서는 일정한 높이의 인문적, 철학적, 문화적 사유가 필요한 것이고, 우리는 이를 위해 울고 웃으며 공부하고, 고민하며 살게 되는 거란 생각이 줄을 이었다.

청주작도

그렇다면, 전수민 작가의 내력은 어느 정도에 이른 것일까. 그렇다고 당신 내공이 어느 정도요, 이렇게 물을 수는 없는 일이니, 많은 질문의 마지막으로 왜 그림을 그리는가? 하고 물었다. "저는 그림 자체를 좋아했던 것 같아요. 그림을 그린다는 것은 그래서 같이 함께 산다는 것을 의미하는 것 같아요. 이런 목표를 향해서 용감하게 갈 생각이구요. 그러니 하루라도 창작을 할 수밖에 없는 이유가 됩니다. 물론 단순한 반복은 아니지요. 오래된 것에 기반하되 새로운 것을 찾는 작업, 이게 제가 그림을 그리는 이유"라고 말한다. 소용하지만, 난호한 어소다. 마지막 둔덕을 높인 밭고랑처럼 분명한 선언인 셈이다. 그리고 보니 전 작가의 작업은 조용하지만 광화문, 대안학교 등 언제나 시끄러운 현장에서도 분명하였다. 이 길을 좋아하고 이 길을 가겠다는 그녀의 걸음을 몰래 응원하며 나서는 나의 걸음도 덩달아 흐뭇하였다.

살아 있는 정물들과 여행하는 사물들

전영근

1970년 원주 생
강릉원주대학교, 성신여자대학교대학원 졸업
25회 개인전과 200여 회 그룹전 참여
현재 원주에 있는 작은 시골에서 자연과 더불어 작업에 매진하고 있음.

한겨울 원주 매지리로 가는 길은 잎을 떨군 나무들 때문인지 점차 줄어드는 자동차와 소음 때문인지 무언가 어떤 본류로 들어가고 있다는 느낌이었다. 전영근 화가가 작업하며 지낸다는 서식지는 토지문학관에서 5분 정도 떨어진 거리에 있었다. 단층으로 야트막한 언덕에 기댄 그의 작업실은 마치 그가 즐겨 그리는 자동차 같은 느낌을 주었다. 안에는 작은 연탄난로가 슥슥 주전자를 덥히고 있고, 이내 직접 내린 커피 향이 감돌았다. 검은 뿔테 안경을 쓴 전영근 화가(이하 전 명인)는 한눈에도 회사원처럼 훈남처럼 훈훈하였다. 간단히 인사를 나누고 눌러본 화실은 그림을 그리기에 최적화된 듯 보였다. 높고 낮은 이젤 몇 개와 붓통, 물감 팔레트 등이 그가 틀어놓은 클래식 에프엠과 더불어 고즈넉하다. 전 명인은 커피와 함께 홍시를 내왔는데 근처 감나무에서 오늘 아침 딴 것이라며 내놓는다. 커피와 홍시는 단짠의 궁합만큼이나 달콤쌉싸름하였다.

작업 중인 전 작가

그는 아홉 시면 시내에서 이곳으로 출근을 해서 일을 하다가 - 그림을 그리다가 - 여섯시면 퇴근을 한다고 한다. 일테면 자기가 대표이자 사원이자 사환이라며 웃는다. 요즘 작업은 잘 되는가 물었다. "그때그때 좀 다른데 그냥 될 때까지 앉아서 그리는 편입니다"라는 모범생 같은 대답이 돌아온다. 모범생 같은 외모라고 얘기하자 "그보다 저는 실제로 약간 불량 학생이었지요. 믿기 어렵겠지만 고등학교 때 공부하기 싫은 애들은 미술반으로 오라는 미술 선생님의 말을 듣고 미술을 시작했습니다. 그 전에 어릴 때도 미술에 관심을 갖거나 흥미를 느낀 적도 없었습니다"라고 한다. 그렇지만 그때부터 골방에 석고상을 놓고 데생을 시작했는데 그다지 집중하지는 못했다고 한다. 그러다보니 미대 입학에 실패를 했는데 이때 오히려 미술을 해야겠다는 강한 열망에 휩싸였다고 한다. 그래서 미술학원에 다녔는데 집 사정이 어려워 아르바이트를 병행하다보니 삼수를 해서 겨우 미대에 다니게 됐다고 한다. "그때 당시는 매우 힘들었는데 지금 생각해보면 재수, 삼수 시절과 대학 생활 때가 제일 행복했었던 것 같아요."

처음 만난 것이었고 몇 마디 나누지도 않았는데 몇 년 지기 같은 느낌이다. 대화는 초장부터 탐색전도 없이 바로 본론으로 들어간 셈이다. 그래서 미술은 무엇인가 하고 다소 거친 질문을 하니, "말로 풀기 어렵다. 미술은 한 문장으로 정리할 것이 아니다. 개인적으로 후설의 사상을 좋아하는데 심리학처럼 지나치게 이론을 촘촘히 쌓는 것은 별로이기 때문이다. 좀 지나다보면 이론을 위한 이론이기 십상이었다. 어렵거나 난해한 것은 좀 피하고, 내게 가까이 있는 것들, 바로 보이는 것들에 집중하자는 마음으로 살고 있다"며 웃는다. 영락없는 소년 같다. 아마도 이런 티 없는 동심이 지금 그의 그림에 표현되고 있는 게 아닌가 하는 생각이 들었다. 그가 중학교 들어갈 때 교복 착용이 없어졌고 고등학교 들어갈 때 또 그랬다고 한다. 그리고 대학엘 가서는 그 흔하던 대학가 데모도 사라졌다고 한다.

 그는 이것을 우리나라에서 개별적 인간, 개인적 사유를 하게 된 첫 세대가 아닌가 하는 의미를 둔다. 기실 우리에게 교복으로 표상되는 집단 문화나 데모(시위)로 상징되는 정치 프레임에서 자유로운 세대는 그리 오래되지는 않았을 뿐더러 실질적인 분단 상황이 아직도 건재하기 때문이다. 광화문에서는 사법부 개혁과 적폐 해소를 외치고, 그 옆에서는 성조기와 이스라엘기가 펄럭이는 오랜 진영 논리가 여전히 펼쳐지고 있다. "이런 주입식 사회 분위기에서 조금 떠난 대신 사상적인 임팩트랄까? 암튼, 그런 것이 많이 사라졌죠." 그래서인지 "평범하고 일상적인 정물에 관심이 갔다"고 한다. 그렇지만 알다시피 정물은 정지된 것이고 생명이 없지 않은가? 하고 물었다. 그러자 "비록 정지된 사물을 그리지만 인간이 갖고 있는 따스한 정서나 본성은 잃지 말고 이를 그림에 부여 넣자"라는 생각으로 작업을 한다고 한다. 이른바 인간의 얼굴을 한 정물?이라고 표현해도 될는지 모르지만, 또 그렇게 보니 그림들의 정물들이 더욱이 따뜻하게 느껴진다.

대학원을 졸업하고 어쩔 수 없이 미술학원 강사를 했다. 그때 당시 한 달에 200을 벌려면 그림 그리는 시간을 낼 수가 없고, 한 달에 100만 벌자 하면 일주일에 3일 강의하고 4일은 그림을 그릴 수가 있었다고 한다. "머 벌어야 사니까 할 수 없지만, 그래도 강의하는 시간이 너무 아까웠어요. 그래서 강의하러 가고 오는 차 안에 앉아서 그림을 그렸어요. 물론 차 속에서 물감도 캔버스도 없이 머릿속에다 그려 넣었지요. 집에 오면 뛰듯 걸어와 구상된 그림을 그리다가 진짜로 차가 등장하게 되었지요. 이렀을 때 부모님과 힘께 친립 가던 기익도 났지요. 아버지와 저는 솥단지를 실은 자전거를 타고 어머니와 누이는 버스를 타고 나서던 풍경이요. 자연스레 차 지붕 위로 이불과 기타, 솥단지 등 짐이 올라가기 시작했지요." 이런 그림들이 나오자 사람들이 반응하기 시작했다. 여행이라는 어떤 것이 뭉글한 그리움을 건드렸는지 그의 그림은 관심의 대상이 되었다.

원래 그는 전술했다시피 자취방 풍경들을 정물 삼아 많이 그렸었다. 방 한구석에 쌓인 책 더미와 생활용품, 소주병 등등. 인제 그것이 오래도록의 유폐 생활을 끝내고 자동차 위로 올라간 것이다. 그러자니 자연 그 사물들도 밝고 활기차 보였겠다. 자작나무가 촘촘하게 심어진 고샅 길을 따라 산으로 낚싯대를 이고 가는 자동차는 '꼬마자동차 붕붕이'밖에 없었는데 이게 현실로 화폭에 옮겨진 것이다. 아마도 사람들은 이런 그림을 보고 사기 나름대로의 꿈을 꾸는 셋이 아닐까. 현실은 한 발자국도 자기 마음대로 내뻗지 못하는데 상상으로라도 이렇게 산으로 들로 강으로 놀러 다니니 그것을 보는 사람들은 조금씩 위안을 받는 것이 아닐까. 그의 이야기를 들으며 또 그의 그림을 보며 나름대로 이런 상상의 나래를 펴보는 것이었다.

그는 서양학과를 다니며 서양의 재료를 쓰며 서양 철학을 공부했지만 이해 안 되는 점이 한두 가지가 아니었을 뿐더러 좀 불편했다. 마치 남의 옷을 입은 느낌 같은 것이라 했다. 그러다가 동양화를 접하게 되고 서양 재료로 동양화 기법을 차용하게 되었다고 한다. 그래서 그의 그림을 보면 투시도를 보는 듯 시점도 안 맞고 공기원근법 등도 무시되었다. 보는 대로가 그림이 되는 다시점의 풍경들(동양화에서는 다시점 풍경을 한 화면에 표현하는 방법을 산점투시라고 함), 이는

일찍이 피카소 등의 입체파에서 시도된 것들이기도 하다. 2005년도부터 시작된 여행 시리즈를 시작으로 스스로 자신의 기법에서 탈선을 했고, 수위에서는 걱정과 우려의 목소리를 보냈다. 그렇지만, 그의 그림은 성공적으로 안착했다. 이른바 탈선의 일상화라고 할까. 그렇다면 이미 탈선이라는 말도 성립될 수 없는 법이기도 하겠다만.

그는 내년쯤 새로이 정물화 전시 계획을 갖고 있다고 한다. 이는 다시금 새로운 정물을 그려야 된다는 얘기이다. 그림은 크게 정물화, 인물화, 풍경화 정도로 분류되는데 사람들에게는 조금 단조롭게 인식되는 정물화를 높은 단계로 이끌어보자는 생각에서란다. 예를 들자면, 추상화는 아무것도 없는데 사람들이 의미를 부여해 어떤 고상한 경지로 올라가게 되는 이유를 생각해보면 된다는 것이다. 그는 세잔의 그림을 보면 왜 정물에서 힘을 느끼는지 알 수 있다고 한다. 어린 아이의 시선 같은 자유분방함, 보이는 대로 그리는 천진함이 사람의 마음을 움직인다는 것이다. 이것을 그는 꾸밈없는 본질의 힘이라고 얘기한다. 사실적 묘사보다는 대상만의 특질을 뽑아 근본을 찾는 그림이 기실 정물화의 본령이 돼야 한다고 힘주어 강조한다.

섬

그는 적어도 미술 영역에서는 이제 학벌이나 지연 같은 부차적인 것이 맥을 못 쓰게 되었다고 믿는다. IMF를 극복하며 경제 규모가 커지고 국민 수준이 올라가고 SNS 등 전시 공간도 많아지면서 최근에는 지역의 화가들도 얼마든지 그림만 좋으면 사람들이 알아보는 시대가 되었다고 한다. 그는 학교를 다니며 하루 12시간 이상을 그림만 그렸고, 지금도 많은 시간 그림을 그리고 있다고 한다. 따라서 예술가들도 예전에는 장발에 술에 담배를 피우고 폼을 잡았다면 이제는 반듯한 회사원처럼 자기 관리를 잘 해야 하는 시대가 됐다고 한다. 그래서 화가라는 직업 혹은 사람도 특별한 재능을 갖고 있는 존재에서 일상의 생활인으로 변화하고 있는 게 아닌가 생각하고 있다고 한다. 이는 비단 미술 쪽만 아니라 기타나 드럼을 치는 음악인들도 예외가 아니라는 것이다.

그는 늦게 장가를 가서 지금 열 살, 여덟 살의 두 아이가 있다고 하는데 매일 이곳으로 출퇴근을 하니 아빠를 그림 그리는 회사원쯤으로 알고 있다고 한다. 아무리 봐도 모범 시민 같은 느낌이어서 요즘 무슨 책을 읽는가 하고 물었더니 '유발 하라리'에 빠져 있다고 한다. 아직 젊은 사람이 어떻게 그렇게 통시적, 공시적인 시각으로 인류의 삶을 꿰뚫어 보는지 감탄이 나온다고 한다. 그래서 그렇다면 좋아하는 화가는 또 누구인가 물었다. 그러자 "겸재 정선, 박수근, 고흐를 좋아하고 선(禪)적인 정물화를 그렸던 조르지오 모란디(Giorgio Morandi)를 최애한다"고 했다. 최근의 화가로는 '데이비드 호크니'의 그 신비로운 물결과 빛에 매력을 느낀다고 한다. 어떻든 그는 나이가 들면서 예전에 보지 못하던 것들이 보이기 시작하는데 이를 최대한 넓고 깊이 받아들이려는 노력을 기울이고 있다. 그래서 주위에 있는 작고 힘없는 것들을 더 소중하게 생각하고 잃어버리지 않기 위해 노력한다고 한다.

자작나무 숲

◀정물, 2006

　　화제를 조금 돌려서 "강원도 혹은 지역의 예술, 특히나 미술 발전을 위해서는 무엇이 선결돼
야 하느냐" 하고 물었다. "무엇보다 도립 미술관이 지어져야 한다. 무슨 지역 분배나 정치적 고려
따위의 꼼수는 치우고 정말 실력 있고 또 첨단의 작품들을 계발해야 한다. 독일 라인강을 따라
늘어선 미술관이나 모마, 메트로폴리탄, 구겐하임 등을 구비하고 있는 뉴욕은 미술관과 박물관
의 도시로 오직 이 예술품들을 보기 위해 오는 관광객들로 북적이고 있다"라며 약간 격앙된 목
소리로 말을 한다. "이는 지금 우리나라 곳곳에서 벌어지는 각종 축제의 천편일률적인 먹고 마시
는 비슷한 것들과 비교해보면 알 수 있다. 유럽 등에는 숲 전체를 열어 나무와 나무 사이를 걷거
나 비박 체험을 하며 즐기는 곳이 많다. 지형지물을 이용한 축제의 성격이 다 다르기 때문에 오히
려 서로 다양하게 사는 모델들에서 깊은 공부가 필요할 듯하다" 하며 웃는다.

429

 그는 어쩐지 작업이 시들해지면 화목 난로를 만들어 사람들에게 나누어 주기도 하고, 리버마켓 등을 돌아다니며 기분도 환기하고, 아이디어도 얻는다고 한다. 그는 수시로 "나만의 것은 이 대한민국 원주에 있는 이 지역만의 것이고, 이 지역의 원주민만이 그릴 수 있는 그림을 그려야 한다"는 자기 최면에 빠진다. 그에게 그림을 그린다는 것은 "나도 모르는 유령을 보면서 끊임없이 싸우고 화해하는 것"이라고 한다. "그림이 잘 그려지면 세상을 다 갖는 성취감이 느껴지고 안 그러면 절망의 나락 속으로 빠지는 감정의 롤러코스터를 타는 것이고, 이제는 이것을 즐긴다"라며 웃는다. 기쁨에도 저마다의 호불호가 있는 것처럼 그는 "아마도 이 애증의 그림 작업을 평생 놓지 못할 것 같다"며 식은 커피를 한 모금 마신다.

그가 그리는 그림은 단순하고 쉽다. 둥글둥글 나무가 자라는 길가이거나 녹녹색색의 산기슭에 가재도구를 싣고 가는 자동차의 블링블링한 뒷모습이나 옆모습이 그려져 있다. 여기에 어떤 주관이 개입할 것인가. 이 점에서 파블로 피카소가 "나는 어릴 때 라파엘로처럼 그리는 데 4년 정도 걸렸지만, 어린아이처럼 그리기 위해서는 평생이 걸렸다"고 말한 것에는 깊은 뜻이 있을 듯하다. 평생 서예를 하는 대가들도 '어깨에 힘 빼는 것만 40년'이란 말이 괜한 말이 아닌 것이다. 골프나 운동을 하는 사람들조차 골프채고 당구 큐대이고 간에 힘을 빼야 비로소 고수의 길에 올라선다고 한다. 그러고 보면 누구나 좀 더 폼나는 위치에서 더더욱 힘주길 좋아하는 시대이니 우리는 얼마나 힘의 강박에 살고 있는가. 뉴스를 틀면 '권력'에서 비롯한 부정부패 얘기가 끊이지 않는다. 그렇지만, 이렇게 주먹과 칼, 총의 퍼런 서슬을 물리치고 비이 운동장에 스스럼없이 노는 아이들은 얼마나 아름다운가. 아마도 전 명인이 그리는 세상이 아닐 텐가. 아이들의 계산되지 않은 순수한 동심처럼 서로가 서로를 풀어놓은 세상, 지금 그 세상이 그의 캔버스에 펼쳐지고 있을 테다.

양구백토가
조선백자의 중심이다

정두섭

강릉대 산업공예학과 및 동대학원(요업디자인 전공) 졸업.
강원대학교 일반대학원 사학과 졸업.
대한민국미술대전 초대작가, 강원미술대전 초대작가.
개인전 21회, 부스전 9회, 현, 양구백자박물관장.

양구 방산으로 들어서면, "양구 방산면은 조선백자의 시원지"라는 조형물이 우뚝하게 서 있다. 마침 때는 가을이라 하늘은 맑고 푸른데 순간적으로 도자기 하면 여주나 이천 아닌가? 하는 의구심을 누르며 양구백자박물관을 찾았다. 가을을 한창 지나는 시기인지라 박물관 벽을 덮은 담쟁이덩굴의 짙은 붉은색 잎들이 햇살을 받아 빛나고 있었다. 박물관은 붉은색 벽돌로 지어져 주위의 자연과 잘 어울리며 단아하게 서 있었다. 수더분한 인상의 정두섭 관장(이하 정 관장)은 입었던 작업복을 갈아입으며 환한 웃음으로 맞아준다. 잠깐의 수인사를 마치자마자 정 관장에게 다짜고짜 어떻게 양구가 조선백자의 시원이라는 것인지 물었다.

그러자 정 관장은 빙그레 웃는 얼굴로 다들 그렇게 묻는다며 이야기보따리를 풀어놓는다. 조선 시대의 여러 문헌을 보면 양구에서 나는 하얀 흙, 즉 백토와 양구에서 제작한 도자에 대한 기록이 분명하게 남아 있다는 점을 그 근거로 내어놓는다. 1932년 금강산에서 산불을 막기 위한 방화선 작업을 하나가 월출봉에서 우연히 도자기를 하나 발견하게 되는데 그게 유명한 '이성계 발원 백자'이다. 이성계는 왕이 되기 1년 전인 1391년 자신이 왕이 되기를 바란다는 내용을 적어 산의 기운을 받기 위해 금강산에 묻었다. 그 도자기에는 분명하게 "양구백토를 이용하여 양구 방산 사기장 '沈竜'이 만들었다"고 표기되어 있다는 것이다.

양구의 도요지에 관한 가장 이른 기록은 『世宗實錄』「地理志」‘土産’조(1432)에 보인다. 고려 말 왜구의 침입으로 강진 일대 해안가에서 가마를 운영하던 장인들이 내륙으로 이동하던 중 백토의 품질과 채굴, 땔감, 그리고 수로를 이용한 물자 운송이 유리한 양구 지역에 자리 잡게 되었다. 양구는 고려 말부터 조선 시대에는 순승부, 공안부, 예빈시, 장흥고 등의 중앙 관청에서 사용하는 공납 자기의 제작지가 되었고, 1467년 경기도 광주 분원 설치 후에는 일부 분원 사기장으로 입역되거나 백토의 공급처로 역할이 바뀌게 된다. 이때부터 양구는 본격적으로 분원에 백토를 공급하는 재료 공급지로서의 역할이 강화되었고, 양구 가마는 지역에서 필요로 하는 생활자기 제작지로 바뀌게 되었다.

작업장

낚시일절

조선백자의 시원지

방산면 ［ 금악리
현리
장평리

조선백자의 시원지

이처럼 양구 지역은 오래 시간 동안 백자가 제작되었고, 백자 원료의 비중 있는 생산지로 중요한 역할을 담당하였던 곳이다. 특히나 양구백토는 불순물이 적게 함유된 백운모계 고령토질 도석으로 백색도가 높으며, 1,200~1,250℃에서 이상적으로 번조되는 특성을 갖고 있다고 한다. 이런 좋은 재실의 백토를 캐고, 또 광주 분원까지 옮기는 데 많은 사람들이 동원되는 등 그 어려움을 적은 기록이 곳곳에 남아 있다. 이렇게 양구의 여말 선초기 백자는 고려 시대의 백자부터 이어지는 한국 도자사 연구에 중요한 지역이 된다. 이러한 연유로 정 관장은 자신 있게 '양구가 조선백자의 시원지'임을 천명한 것이다.

그러면 실제로 양구에서 언제까지 도자기가 생산되었을까. 강원도 양구 백자는 고려 말부터 1970년대 중반까지 백자를 생산하였으며, 분원 설립 후 양구백토는 분원에서 사용하는 원료 중 가장 많은 양이 오랫동안 사용되었다고 한다. 광주 분원을 제외하면 강원도 양구, 경상북도 청송, 황해도 해주, 함경북도 회령 등이 대표적인 백토 생산지이자 지방요(地方窯)로서의 명맥을 유지했다. 물론, 이 지방요에서는 일반 민중들이 사용했던 생활 자기를 주로 생산하였다고 한다. 지금 도자 학계에서는 4대 지방요를 재조명하고 양구군과 청송군이 힘을 합해 학술 세미나를 여는 등 북한 지방요와의 교류 협력을 위해서도 노력하고 있다.

풍경 - 흙에서 노닐다

현재 박물관에는 10여 명의 직원들이 근무하고 있으며 크게는 양구산 백토를 분석하여 양구백토의 특성과 차별성을 높이려는 연구진과 이를 토대로 방문객들에게 양구 백자의 우수성을 소개하고 작품을 만드는 강사진이 있다. 올해(2016년) 들어 양구백자박물관은 개관 10주년을 맞게 있는데 이를 기념하고자 <한·중·일 백토 합토展>과 <양구 백자의 여름展>을 치렀다. 또 여기에 양구백토를 비롯하여 사료에 나오는 백자 원료의 생산지, 그리고 외국의 백자 원료까지 수집하여 전시함으로써 <도자역사문화관> 조성에 대한 당위성과 양구백토의 우수성을 홍보하기 위해 자료 조사 및 데이터베이스 구축을 하고 있다.

지금은 너무도 흔해 그 소중함을 모르겠지만, 고대인이 토기를 발명한 것은 인류사에 일대 혁명적 변화를 초래했다. 음식을 삶거나 끓여 먹게 되고, 농사를 지어 그릇에 곡식을 담아 먹게 됨으로써 건강과 발육 상태도 좋아지고, 이 그릇을 발전시키기 위한 관련 기술들이 꼬리를 물고 발달하게 되었으니 도자기가 현재의 문명을 촉발했다고 해도 과언이 아닌 것이다. 그렇지만, 도자기를 만드는 일은 쉽지 않은 일이다. 무려 900℃에 이르는 온도를 견뎌야 하는 초벌 번조, 유약을 발라 1,250℃를 넘는 재벌 번조를 거치며 가마 안에서 의도치 않게 벌어지는 화학 작용에 의해 제대로 된 자기를 얻기란 그리 만만하지 않다고 한다.

이를테면, 가마에 불을 땔 때 산소를 얼마나 넣어주느냐에 따라 '산화 번조', '환원 번조'로 나눠진다고 한다. 산화 번조는 산소를 듬뿍 넣어 연료를 완전히 연소시키기 때문에 황색이나 갈색, 적색을 띠게 되고 환원 번조는 그 반대로 가마 온도가 1,100℃쯤 올라갈 때, 땔감을 많이 넣고 산소를 막아 일부러 불완전한 연소가 되게 한다. 이렇게 되면 토기는 회색이나 청흑색, 백자는 담청색을 머금으며, 청자는 아름다운 비색을 띠게 된다고 한다. 박물관의 유물을 가만히 살펴보면, 부분적으로 색이 다른 청자와 백자를 볼 수 있는데 이것은 같은 가마 안에서도 산화와 환원이 번갈아 이루어진 경우라고 한다. 불과 공기, 도공의 손길이 어우러져 서로 숨 막히는 밀당이 잘 맞아떨어져야 역사에 남을 예술 작품이 탄생하게 되는 것이다.

하여 도공들은 가마를 땔 때가 되면, 며칠 전부터 몸가짐을 삼가고 기도를 드리는 마음으로 가마 앞에 서게 마련이라고 한다. 물론 공장에서 나오는 제품들이야 이런 고민이 있을 수 없기에 명품이 나올 수 없는 시스템이다. 이런 전통 제작 기법을 온전히 되살리고 더 잘 만들기 위해 많은 도공들이 땀을 흘리고 있고, 여기에 양구백자박물관의 존립 근거가 있는 것이다. 하여 오늘도 정두섭 관장을 비롯하여 직원들이 도자에 대한 저변을 넓히고 도자명국으로서의 면모를 되찾고자 한마음으로 뛰고 있는 것이다.

정두섭 관장은 순수 양구 토박이다. 그래서 어릴 때부터 자란 양구에 대한 애정과 자부심이 대단하다. 학부와 석사는 도예를 전공하였고, 박사 과정은 강원대학교 사학과에서 도자사를 공부하였다. 어쩐지 어릴 때부터 흙의 물성에 이끌렸다고 한다. 그에게는 꿈이 있다. 이 백자박물관을 중심으로 인근 지역을 '백토마을'로 조성하는 것이다. 그래서 조선백자를 넘는 양구 백자를 만들어 강원도 양구를 일대 명소로 만들어 전 세계 도자인들의 메카로 만들어보자는 것이다. 그래서 세계 각국의 백토를 모아 분석하고 연구하고 있으며 관련한 국제회의도 개최하고 있다. 해마다 많은 관광객이 찾아오는 남이섬에 백자요와 전시관을 운영했던 것도 이런 맥락에서 이어진 것이다.

이런 박물관의 비전도 비전이거니와 정 관장의 독특한 작품 세계는 이미 도자기계에 정평이 나 있다. 양구백토 특유의 우윳빛깔에 그의 손끝이 닿으면 개구리도 서너 마리 뛰어오르고, 매화나 란도 한 촉씩 피어오른다. 지난 2019년 스웨덴은 한국과의 수교 60주년을 맞아 스톡홀름 동아시아박물관에서 양구 백자 초청전을 진행하였는데 여기에서도 정 관장의 작품 10여 점이 함께 전시가 되었다. 북유럽 관람객들은 단번에 단순 깔끔하고도 코믹한 개구리 모양의 오브제에 매료되었다. 전통의 도자에다 현대적인 오브제를 넣음으로써 신구의 조화는 물론이려니와 도자를 보는 재미를 더하였으니 이것이 바로 법고창신(法古創新)이 아니고 무엇인가.

지역의 특성을 살리는 것이 무엇보다 중요한 일로 떠오르는 요즘이다. 곳곳에서 굉장한 예산을 세워 새로운 무언가를 만들기도 하고, 몇 년에 걸쳐 어떤 거리를 조성하기도 한다. 그 명분은 딱 하나다. 다른 곳에는 없는 명소를 만들어야 그나마 관광객을 유도할 수 있기 때문이다. 이렇게 볼 때 양구의 방산면, 방산면의 백자박물관의 존재는 야무지다. 지금까지 10여 년, 차근하게 플랜을 만들고, 도예인들 사이에서도 서서히 인정을 받고 있기 때문이다. 이제 한 10년쯤 지나면 양구의 거리에는 흔한 콘크리트나 아스팔트보다는 도자기의 깨진 파편들을 활용한 길이나 건물들이 늘어서고, 세계 각기의 도자들이 전시되고 생산되는 도자의 메카로 이름을 날릴 수도 있을 것이다. 그렇기 위해서는 도자가 그 뜨거운 불을 견디듯이 정 관장을 비롯하여 직원들의 각고의 노력도 병행되어야 할 것이다. 양구 방산이 세계 도자의 중심이 되길 기원하며 돌아서는 발길은 어쩐지 가벼웠다.

황소는 아직도
비어 있는 화선지를 보면
설렌다

최영식

1974년 제23회 국전 입선 이후, 소의 우직함으로 오로지 자연을 탐구해온 서화가.
25회의 개인전과 초대전을 치름.

미세먼지와 코로나가 일상이 돼서 이제 푸른 하늘을 보는 것이 드문 일이 됐다. 세상도 날씨 만큼이나 뒤숭숭하니 사는 일이 무채색 느낌이다. 이러할 때 가령 이런 세계가 있다면 어떨까. 울긋불긋, 수천만 화소를 터뜨리는 매화 밑으로 졸졸 시냇물이 흐르고 천길 바위 끝에서는 폭포가 떨어진다. 벼랑 끝에 서 있는 소나무 등걸은 장군의 갑옷 같은 굳센 기상이 뿜어져 나오는데 어디선가 시원하고도 푸른 바람이 불어온다. 어릿한 산 어귀로 둥근 달이 떠오르고 이 달빛에 젖은 꽃 자락 향이 코끝을 간질인다. 드물게 대나무도 몇 그루 서 있고, 산목련과 홍매, 진달래도 화사하게 피어오르면 한쪽에서는 김유정의 산동백이 노랗게 풍경을 물들인다. 능선쭉쯔로 가는 길, 양옆으로는 수문장처럼 바위가 삼엄하게 서 있고 이제 막 붓을 뗀 글씨가 먹을 뚝뚝 흘리고 있는 세상. 봄날, 삼삼하지 않은가. 우안 최영식 화백(이하 최 화백)의 '수류화개'라는 그림 집을 열면 바로 이런 세계가 열린다.

최 화백은 얼마 전 춘천 시청 옆 옥천동에 월세로 있던 작업장을 정리하고 신북 막국수박물관 부근으로 작업장을 옮겼다. 지난 2000년부터 19년여 생활하던 산막골 시절도 지나고 몇 번째 이사인지 모른다. 최 화백이 열일곱이던 1970년, 그는 자기의 일기장에 "그림을 그리고 싶다. 이번 품값을 받으면 스케치북을 사야겠다."라는 일기를 쓸 만큼 그리는 것에 강한 갈망을 느꼈다 한다. 그리고 1973년 2월, 그렇게 원하던 그림을 소헌 선생 문하에서 본격적으로 배워 이듬해 제23회 국전에 입선을 하게 된다. 이렇듯 그 전 세월이야 다 빼더라도 그림만 그렸던 세월이 성상 50년이다. 그 시간 동안 붓을 놓은 것이 새로운 작업장을 찾는 일에 허비한 8개월여 기간이란다. 그래서인지 오래된 건물에 월세를 내는 곳이지만 최 화백은 행복해했고, 대가의 선기(禪氣)를 머금어서인지 작업장은 좁으나 정갈한 장소로 탈바꿈하고 있다.

작업 중인 최화백

최 화백은 국졸이다. 가난한 부모 슬하에 그것 이상은 욕심이었고 사치였다. 그렇지만 그는 그림이 있었기에 살아낼 수 있었다고 한다. 어릴 적 나뭇단을 한 짐 지고 내려오다 마주친 또래의 학생들, 그들은 선생님과 함께 미술 사생을 나온 고교 사생반이었다고 한다. 그는 자기도 모르게 지게 작대기로 바닥에 그림을 그렸다고 한다. 이를 본 미술 선생이 그에게 스케치북을 주었다고 한다. 그는 여기에 베토벤을 비롯한 위인들의 인물화를 그렸다고 한다. 이를 본 마을 사람들이 부모의 초상화를 부탁했고, 그는 멋도 모르고 신이 나서 그려줬다고 한다. 누구는 고구마를 주고 누구는 몇 푼 돈을 내기도 했다. 그렇지만 그는 자기가 그린 것을 좋아해주면 그것이 젤로 좋았다. 이런 그와 연이 닿아 정식으로 그림을 가르쳐준 스승이 소헌 박건서 선생이다. 설경 화가로 우리나라 6대 한국화가 중 한 명인 심향(心香) 박승무 화백(1893~1980)의 아들이자 유일한 제자이기도 한 소헌 선생은 1970년대 초반 춘천 요선동 일대에서 화실 '묵촌서화연구소'를 운영하며 지역 내 한국화의 뿌리를 내린 인물이다.

    당시만 해도 이 화실은 도내 유일한 동양화 교실이었는데 최 화백은 비로소 먹 가는 법, 붓 잡는 법 등을 제대로 배웠다. 그러다가 서울에 가 국전 전시를 구경하게 됐고, 이후 꿈을 꾸게 되었다. 흔히 그를 소나무 작가로 알고 있는데 기실 그는 매화 그림을 더 많이 그렸다. 국전에 입선한 작품도 묵매(墨梅)였다. 그는 이어 백양회 공모전, 중앙미술대전과 동아미술제 등 새로운 미술전이 열릴 때마다 응모하여 산수화로 입선했다. 미술계에 이렇다 할 계보가 없는 그였기에 민

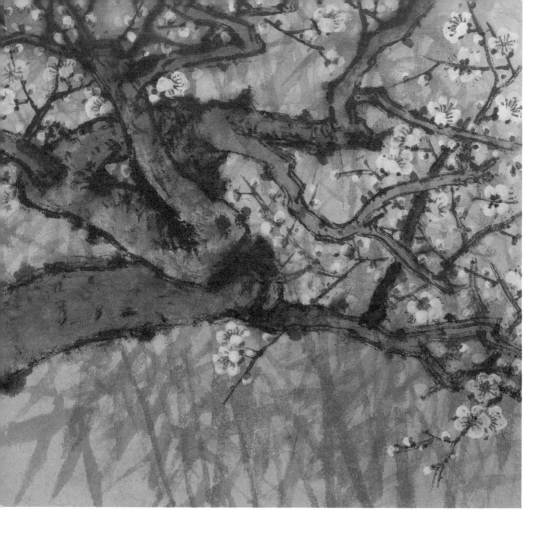

전(民展) 초기에 응모하는 것이 유리했다. 이렇게 성장하는 제자를 보며 스승인 소헌 선생은 홀언 미국 시카고 넘어가 '북미회'를 창립하고 40년 넘게 한국화 교육을 하고 있다. 둘은 요즘도 가끔 미국이나 한국에서 만나 사제의 정을 쌓고 있다고 하니 둘의 사이를 가히 '지음(知音)'이라 할 만하지 않은가.

그는 실제 현장에 자주 다니는 것으로도 유명하다. 보통은 사진을 보며 그림을 그리는데 그는 몇 날이고 현장에 나간다. 나가서 바람도 보고 구름도 본다. 명나라 동기창의 "독만권서 행만리로(讀萬券書 行萬里路)"가 떠오르지 않을 수 없다. 초기에는 삼악산, 의암, 검봉, 오봉산 인근의 실경을 많이 그렸다. 또 드물게는 정선의 화암, 몰운대, 내·외설악도 그렸다. 보기 좋은 떡이 먹기도 좋다던가. 화가들은 멋진 풍경을 그리길 좋아한다. 그저 시내버스만 타도 그리기에 충분한 곳이 지천이다. 새로이 동네 주변의 나무며 바위, 폭포며 계곡의 아름다움을 발견한다. 지역 문화원 등에서 내는 책에는 당연히 그의 그림을 실었고, 그 역시 무언가 기여를 한다는 마음에 즐거웠다. 지역 예술가들, 특히나 시인 등 문인들과 교류가 많고 수필집 등 책도 여러 권 냈다. 그렇지만, 국졸이라는 학력 때문인지 알게 모르게 남모를 서러움도 많이 겪었다. 그가 이태리 로마국립동양예술박물관에서 소나무 초대전을 한다고 하자 주위에서는 사기일 거라 걱정을 해줬다. 그렇지만 결과는 대성공, 그와 그의 소나무는 이탈리아에서 큰 반향을 일으켰다. 로마에 36일간 머물며 만난 관람객들은 한국 소나무에 대한 질문이 이어졌고, 시연회를 가진 로마 사피엔자대학 동양학부 대강당은 미어졌다.

인터뷰 중 담배를 피워 무는 그를 보고 조심스레 물었다. "어찌 청각 장애인이 되었느냐." 그러자 허한 미소를 지으며 "결혼 전 혹시 고칠 여지가 있는지 서울대 병원에서 여러 검사를 받아보니 외견상, 기능상 고막이나 세반고리관 등 아무 문제가 없다. 성장기에 영양 문제로 청신경이 죽어 기능을 상실한 것으로 보인다는 얘길 들었다"고 한다. 쉽게 말하자면, 영양실조로 청각을 잃은 것이다. 아버지는 최 화백이 열일곱 살 때 돌아가셨고 그 전부터도 힘든 가세에 학교도 가지 못하고 김매고 나무하다보니 가는귀가 먹기 시작했는데 좀 있으면 낫겠지 한 게 장애 2급, 보청기 신세가 되었다. 그것 때문에 군대도 못가고 아무튼 극빈, 학력, 장애 이렇게 3가지의 핸디캡을 갖고 시작된 삶이었다. 그렇지만, 그는 지금까지 얼마 전 8개월여의 공백기를 빼고는 붓을 놓지 않았다. 때로는 생활이 어려워도 부업을 하지 않고 밤샘을 다반사로 삼으며 화필을 잡는 일도 흔했다.

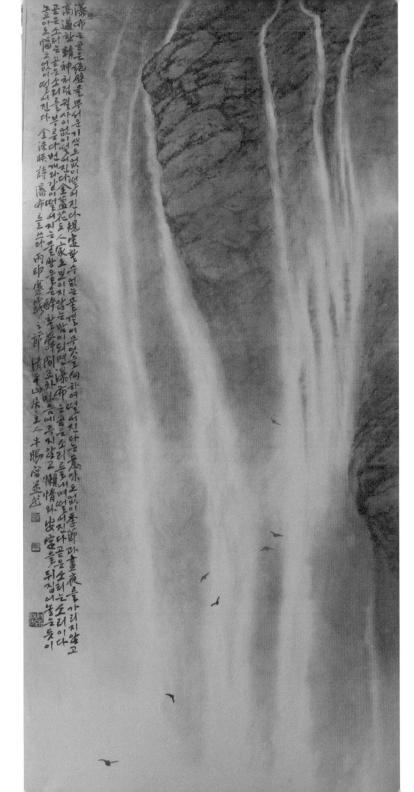

瀑布는물은絕壁을무서운氣勢로떨어진다

高邁한精神처럼純水이었어떨어진다

곧은소리는곧은소리를부른다

구름한점없이맑은날의뇌성이되어떨어진다

金盞花도人家도외면할지라도

瀑布는곧은소리를소리를부른다

醉한밤이조차없이물방울을흩날리며

懶情과

安定을뒤집어놓은듯이

落下하는瀑布는意味도없이季節과畫夜를가리지않고

곧은소리는곧은소리이다

곧은소리는소리이다

丙申寒露前

三節浦平山居士

半跛沙爾書

金洙暎詩

瀑布로쓴다

정식으로 그림을 배우던 22세 때부터 치더라도 족히 46년이 넘는 시간이다. 여기에 붓을 안 잡은 공백 기간이 8개월뿐이라니. 그는 지금도 빈 화선지를 보면 가슴이 설렌다. 정작 아직까지 자신의 대표작이 안 나왔다는 생각 때문이다. 이야기를 듣다보니 과연 우안(牛眼)이란 호가 괜히 붙은 게 아니란 생각이 들었다. 첫 아호는 소헌 선생이 보헌(甫軒)이라 지어줬다. 당시 화단의 거목인 운보(雲甫) 김기창 화백도 청각 장애인이라 제2의 운보가 되라는 의미였다. 소의 눈이란 뜻이 담긴 우안은 큰형님으로 모시던 춘천교대 박동련 교수가 1989년에 작명했다. 듣자마자 귀에 붙고 눈에 붙었다. 소에 대해서는 「나의 심우도」라는 그의 수필에서 "가장 한국적인 짐승이 소다. 소는 서두름이 없다. 말은 빨리 달리는 대신 오래 쉬어야 한다. 서둘지 않고 쉬지 않는 소의 우직함은 내게 교훈이 된다. 우공이산(愚公移山)의 고사와도 상통한다. 자기희생이 초월 정신으로 승화됨은 어떤가. 내게 주어진 운명처럼 여겨진다. 소와 소나무는 한국적 표상이다. 이 시대에도, 과거와 같은 쓸모를 많이 잃었으나, 이 둘을 따라갈 것이 없다. 언젠가는 솔숲에 소가 노는 작품이 그려질 거라는 예감을 가진다. 변함없는 숲에 끊임없이 성장하는 소나무, 자신을 위해 아무것도 할 줄 모르는 소, 그 둘의 만남은 의미로울 것이다. 작품으로 나오지 않아도 좋다. 마음속에 늘 살고 있을 터이니까. 나를 버리는 과제가 평생의 숙제이다. 그건 소한테 배워야 한다"라고 썼을 정도이다.

그는 중국의 위대한 화가인 제백석(齊白石)의 생애를 보면서 큰 감화를 받았다고 한다. 치바이스는 시(詩), 서(書), 화(畵), 각(刻), 각각의 분야에서 일가를 이룬 사람으로 지난 1963년에 '세계 10대 문화거장' 중 한 사람으로 선정되기도 했으며 지금도 많은 예술인들이 대양의 물줄기처럼 영향을 받고 있는 형편이다. "아무리 천하의 제백석이라도 65세에 죽었다면 그저 뛰어난 화가로 남았을 것이다. 그러나 90세가 되어서 비로소 위대한 화가, 중국 최고가 될 수 있었다. 나는 그의 화집과 전시를 보면서 용기를 가질 수 있었다." 그의 사조(師祖)격인 박승무 화백을 포함함 6대가를 보더라도 60세가 넘은 나이에 이르러서야 자신들의 화풍이 실린 대표작들을 그려냈다고 한다. "나는 이제 언제 죽어도 한이 없을 나이이다. 하지만, 지금도 빈 화선지만 보면 가슴이 설레고, 신명이 난다. 매너리즘, 이것은 내가 가장 경계하는 것이다. 그래서 즐겨 다루는 소나무, 매화, 산수도 끊임없이 변화를 추구하며 정진하고 새로워지고자 한다"며 환하게 웃는다.

그의 얼굴을 보면 그렇게나 오랜 세월이 느껴지지 않는다. 아직도 소년 같은 호기심과 영특한 눈동자가 빛이 난다. 그는 어느 땐가 계곡의 물소리가 듣고 싶어 물가의 넓적한 바위에 귀를 대고 엎디어봤다고 한다. "아 흐르는 물소리가 이렇게 훌륭한 음악일 수 있음에 한참을 희열에 차 있었다. 반은 바위를 통한 울림으로 듣고, 반은 쏟아지는 물줄기를 눈으로 들었을 게다. 흐르는 물의 율동, 수십 척 떨어지는 폭포수의 장쾌함은 실로 음향이 더해지니 보는 것보다 훨씬 실감이 났다. 그런데 그렇게 좋은 '듣는다'는 것이 실제 보청기를 끼고 나니 세상에 들을 말, 못 들을 말, 중상모략 등 안 들음만 못한 게 또 현실이더라"며 껄껄 웃는다. 그는 정말 소가 논밭을 갈듯 자신의 인생을 열심히 갈았다. 산막골 시절, 홈페이지가 만들어져 그는 일기를 쓰기 시작해 1,000편이 넘는 글을 남겼다. 어떤 목적이 있던 것은 아니었지만 저절로 양의 질적 변화를 이루었는지 2004년 수필로 등단까지 했다. 그렇지만, 그는 예전 국전에 입선될 때처럼 여전 부끄러워한다.

요는 아직 준비가 덜 되었다는 것이다. 그는 앞서 스승인 소헌 선생이 덜컥 미국으로 떠나버리자, 애오라지 남게 된 화실을 이어받게 되었다. 땡전 한 푼 없는 그였기에 그저 막막할 뿐이었는데 근처의 표구점 몇 군데에서 돈을 모아 보증금 5만원을 후원했다. '화실이 있어야 그림 표구를 할 게 아닌가'가 표면의 이유였지만, 그만큼 그의 사람됨이 진실해 보였기 때문이다. 그게 1975년도이다. 그 후로 25년여, 때 이르게 가르치고 그리느라 많은 애를 먹었고, 자기의 그림을 제대로 그리지 못했다. 아직 준비가 덜 된 때문이었다. 그는 3년만 처박혀 그림만 그리자고 소양댐 안쪽 하늘 아래 첫 동네인 산간 오지 산막골에 들어 얼추 20년을 보냈다. 자신에게는 안거의 기간이자 열락의 시간이었다. 자신이 그리고 싶었던 그림과 글씨를 원 없이 해본 시간이었기 때문이다. 그는 거기에 아름다운 소양호가 보이는 뷰 포인트에 반해 '승호대(勝湖臺)'라 이름을 지었다. "달 밝은 밤에 앉았으면 개미 지나가는 것까지 보일 만큼 주위가 훤하지, 청설모 세 가족이 소나무를 타고 내려와 저기서 날 구경하는 모습을 또 내가 구경하고, 그야말로 내가 자연이라는 큰 그림 속에 들어가 앉았는 것처럼 근사한 시절"이었다며 눈꼬리가 가늘어진다. 승호대는 그대로 고유명사가 되어 지금도 오가는 사람을 늘리고 있다.

江陵
草堂洞
三松圖

소나무 향기는 언제나 싱그럽다 깊은 산 속에서나 마을에서나 한 결 같이 소나무 향기는 변함이 없다 바위를 뚫고 솟는 소나무처럼 꿋꿋한 모습 눈 속에서도 푸른 빛을 잃지 않는 소나무 모진 비바람에도 아랑곳없이 제 모습 그대로 지키며 사시사철 푸르름을 간직한 소나무 그 변함 없는 모습처럼 한결같은 마음으로 살고 싶다

경자년 늦가을 시골에 내려와 소나무를 그리며 ○○○

먹을 배운 지 1년도 안 돼 국전에 입선하자 겁이 나 이불을 덮어쓰고 사흘을 앓았던 소년, 어린 나이에 고된 노동과 영양실조로 청각 장애자가 된 소년, 시련 속에서 장애를 극복한 베토벤 관련 책을 시작으로 엄청난 독서광이 된 소년, 그럼에도 파묵(破墨)과 발묵(潑墨)할 수 있다는 기쁨으로 오롯이 화업 50년을 바라보는 소년, 이 험난과 외로움이 모여 그도 어쩌면 그 농밀한 먹 속에 소리까지 갈아 넣게 됐는지 모르겠다. 그리하여 스스로도 완성에 이르지 못했다는 그의 그림을 일아줄 지음(知音)이 나타나 넙석 안아주실 기다리고 있는지 모르겠다. 어떻든 그는 우직하게 소처럼 걸어왔고 또 걸어간다. 아직도 붓을 앞에 두고 가슴이 뛰는 열혈 소년이기 때문이다. 그리하여 그는 그림을 살고 있는 것이다. 그림을 그리는 것이 아닌 자신이 그림이 된 삶, 어쩐지 우리는 그를 그렇게 기억하게 될 것이라는 예감이다.

"돌아오는 길에 작품 구상이 떠오르고 거기에 몰입되어 내가 걷고 있는 것도 어디를 가는지도 잊었다. 꽤 긴 시간이었다. 바위와 매화를 구성하고 바위 사이로 계류가 흐르며 하늘엔 달이 떠 있는 뜬금없는 구상에 푹 빠졌었다. 세부 묘사는 어떻게 하며 먹은 어떻게 농중담을 다룰 것인가 생각 속에 묘사해가는 기분이 꼭 삼매경에 든 것 같았다. 가로로 긴 대작을 그리고 있는 듯싶었다. 이런 경험은 또 처음이지 싶다. 가을 풍경을 걸으며 어쩌자고 매화와 바위, 흐르는 물과 달 속에 빠져들었단 말인가. 기발하거나 색다른 소재도 아니었다."

— 최영식 산문집, 『산막골 일기』 중에서

인간과 신화(神話) 사이, 멈추지 않는 인형의 꿈

황효창

1945년 춘천 생, 홍익대학교 미대 회화과 및 동 교육대학원 졸업.
개인전 16회 개최. 역 발상전(춘천시 문화도시선정기념 특별교류전-2021, 문화공간 역),
변화의 물결을 주도하다(춘천문화재단 주관-2020, 춘천문화예술회관) 등.

인간의 탈을 쓰고 금수만도 못한 일을 했던 것은 제다 사람의 일이었다. 대신, 사람 아닌 것이 사람의 형상(人形)을 하고 사람에게 위로와 즐거움을 주는 일은 언제나 사람이 아닌 인형의 몫이었다. 미대를 졸업하고 '에스프리' 모임을 주도하며 최신 사조에 젖다가 문득 '우리 것이 무엇인가 하는 의문을 가졌다. 그때까지 우리나라 미술은 외래 사조의 수입과 모방의 단계여서 누가 먼저 최신의 외국 사조를 들여오는가가 미술 실력과 동의어가 되는 때였다. 황효장 화백(이하 황 화백)은 이런 미술계의 흐름을 보면서 회의를 갖기 시작했다. 이것이 무슨 미술이고 예술인가. 내가 그리고 싶은 것을 아무 눈치나 자기 검열 없이 마음껏 그리는 것이 미술을 한다는 것의 본질이 아닌가?

인터뷰 중인 황 화백

이런 고민에서 본격적으로 '나의 것', '우리의 것'을 고민하기 시작했다. 그러고는 눈에 보이는 대로 그려보기 시작했다. 나무와 의자, 집 안에 굴러다니는 소주병, 연탄집게 등등……. 그러다가 우연히 인형을 보고 그렸는데 아! 이것이 무언가 짜르르하고 소르르한 느낌이 왔다고 한다. 흡사 전생의 연인을 본 것과 같달까. 어쨌든 깜깜했던 길이 환하게 열리는 느낌이었다고 한다. 그렇게 인형을 그려온 세월이 50년여에 이르게 됐는데 마치 불치병처럼 자신의 능력으로 어찌 바꿔볼 엄두조차 나지 않았다고 한다. 이는 "지금까지 마신 술도 마찬가지여서 술병만으로도 5톤 트럭에 가득차지 않을까?" 하고 웃는다.

춘천의 문화 예술인들이 모이는 곳, 회의하는 자리이거나 차를 마시는 곳이거나 술을 마시거나 길을 걷거나 어떤 자리에서도 항상 멋진 패션감과 시원시원한 언변을 자랑하는 황 화백은 어떤 경우에든 그 자체로 '멋'이거나 '가오'를 잊지 않는다. 하지만 그 멋이라는 것이 꼭 외양에 머물러서야 무슨 빛이 나겠는가. 멋은 자신의 일정한 스타일을 구축하는 것에 국한하는 것이 아니라 힘없고 외진 사람들과 떨려난 사물을 들여다보는 따뜻한 눈길과 손길을 갖고 있어야 더욱 의미를 가질 것이다. 분단의 현실을 직시하며 주변부로 밀려난 사람들과 풍경을 그리자는 미술 그룹 '산과 함께' 창설 등은 이런 맥락이다. 그래서 황 화백은 이렇게 인간은 멋 부리는 동물, 혹은 멋을 아는 동물이라는 뜻을 가진 호모시크리우스(homochicrius)의 시조쯤이 될 것이다.

언제 어디서나 인간의 품위와 격을 놓치지 않는 황 화백의 유년 시절은 유복했다고 한다. 6·25 난리로 이 가산은 다 없어져버렸지만 어릴 때 기억으로 할아버지와 함께 살았는데 집이 엄청나게 컸었다고 한다. 중학교 미술 시간에 그림 그리는 것을 본 미술 선생님의 제의로 미술반에 들어간 이후 그야말로 축구부 선수처럼 그렸다고 한다. 당시 미술 선생님이 일본 유학한 실력파로 참가비, 물감, 도화지 등을 지원하면서 황 화백은 물 만난 고기처럼 중고딩 상이란 상은 휩쓸어서 미술 대표 선수라는 별명도 얻었다. 고등학교 선생님들도 그의 수상작을 집에 걸어둔다고 다투어 갖고 갔다. 홍대 미대를 선택했는데 당시 홍대는 아카데믹하다기보다는 추상적이고 실험적인 스타일이어서 매력을 느꼈다고 한다. 미대 입학을 하고 기본기가 탄탄한 동료 학생들과 경쟁하는 일은 새벽부터 학교에 가서 그리고 또 그리는 방법밖에 없었다. 그렇게 학교를 졸업하고 '에스프리'를 이끌었다. 4년 정도 활동을 하며 그 고유한 아방게르한 성격으로 화단의 촉망을 받았는데 그만 해체를 했다고 한다. 왜 그랬냐고 묻자 "계속하면 다른 모임과 다를 게 무어냐"는 거였다.

구름한점

꺼지지 않는 촛불

당시 노재승, 전국광, 이일호, 김명수, 김태호 등이 에스프리를 결성했는데 조각과 회화를 같이한 국내 첫 그룹이었다고 한다. 이들의 활동은 한원미술관장인 오상길 씨가 쓴 『한국현대미술 다시 읽기 Ⅲ』에 자세하게 실려 있다. 이 활동을 접고 대전으로 내려가서 교사를 하면서 '흉내 내는 게 진정한 예술인가?' 하는 회의에 빠지며 그림을 포기할까도 생각했다고 한다. 당시 화단은 유리를 깨트려놓고 누드로 그 위를 걸어 다니거나 콘돔 같은 거 불어 날리는 등 무국적의 희한한 퍼포먼스가 많았다. 이 시기에 일어난 1980년 광주 민주화 운동은 미술계에도 엄청난 영향을 주었다. 특히나 한창 젊은 미술가들은 현실에 발을 둔 우리의 작업에 대한 관심이 고조됐다. 이른바 1980년대 미술의 시작이었다. 이런 현실 참여적 그림은 확실히 일본을 앞서 있다고 했다.

이렇게 몇 달을 고민하며 잡은 것이 인형이었다. 대전에 있으면서 그린 인형과 소주병 그림을 보고 태인 화랑에서 연락이 와 두 번의 개인전을 갖게 됐고 이후 그는 '인형 작가'로 불리게 됐다고 한다. 그리고 이즈음 대전에서 다시 서울로 왔나. 문세는 그가 인형만 그리자 주변에서는 "포스터 그림만 그리냐?"는 이상한 취급을 받았고, 정작 그의 인형 그림은 미술계가 아닌 문인들이나 음악 하는 이들이 관심을 보였다. "당신 그림을 보면 눈물이 나네" 하며 공감이 일기 시작했다.

이때 그린 그림들이 인형이 마스크를 썼거나 시커먼 안경을 쓰고 있거나 해서 실제의 모습을 가리거나 훼손된 즉 정상적이지 않은 사회를 은유하는 식의 그림을 많이 그렸다. 장님 동네, 귀 막고 선 인형들의 그림을 직접적으로 그려 당시 관계 당국의 요주의 인물로 찍혔다고 한다. 마음속에는 억압된 현실을 깨트리는 열정이 가득했지만 현실에서의 황 화백은 마음 약한 백면서생이었다. 실제로 그는 인형이 목을 매달고 있는 그림을 그리려다가 나무에 밧줄만 걸려 있는 것으로 처리를 하거나 피켓을 든 인형 무리가 아무것도 안 쓰인 휘장을 내건 그림을 그리기도 했다. "왜 아무 글자가 없느냐?"는 주위의 질문에 그는 "언젠가 본 데모에서 착상을 했는데 빈 휘장에 뭔가를 썼다가 체질에 맞지 않아 지워버렸다"고 대답을 했다.

밤의 삐에로

번호 붙인 사람들

이렇기에 그의 그림을 보고 어떤 사람은 "저 사람은 아직도 낭만주의자야"라기도 하고, 또 어떤 사람은 "황효창은 약간 비껴가는 그림을 그린다"라고도 한다. 이런 주위의 평가가 언짢지 않느냐 하고 물었더니 "어떤 사람은 나를 강력하게 민중적인 작가로 보는가 하면, 다른 쪽에선 그렇게 보지 않기도 해. 내가 전투적으로 보일지는 모르나 나서서 하는 건 내 체실이 아니고 '세상을 그냥 보아 넘기지는 않고, 나 나름대로 세상에 대한 얘기를 하고 간다~' 하고 그리는 거야. 그게 내 그림이니 개인마다 조금씩 다르고 또 달라야 한다고 생각해" 하며 멋쩍은 웃음을 짓는다.

이런 황 화백의 마음을 알아서인지 1990년 전시 팸플릿에 시인 최돈선은 "황효창의 화면에는 피 흘리는 대상이 없다. 처절하고 고통받고 핍박받는 구체적인 확인이 없다는 점에서 우리는 당황해하는 것이다. 황효창이 1980년대에 주목받았던 점은 철저히 밑바닥 인생을 적나라하게 드러내놓았던 이데올로기로서가 아니라 같은 메시지의 전달에서도 황효창은 여타 민중 미술과는 달리 개인이 고독 속에서 출발한다는 점이다. 다른 민중 예술이 추구하는 거센 고함이나 구호 제창이 황효창에게는 없다. 차라리 적막공산과도 같은 도시의 우울과 홀로 외롭게 떠 있는 밤하늘의 달과 같은 존재가 황효창이다"라고 썼다. 그만큼 황 화백만의 독특한 화폭 스타일에 주목한 것이겠다.

삐에로의 눈물1

상생도1

개인의 고독에서 출발하는 그림은 어떤 것일까. 아니 모든 예술은 왜 개인, 단독자로서 또한 고독(孤獨), 그 쓸쓸함에서 시작해야 하는 것일까. 게다가 왜 예술하는 사람들에게서 곧잘 파행적이고 당착적인 삶의 돌발이 되풀이되는 모습을 보게 되는 것일까. 그런 생각을 하며 황 화백의 작업실 안에 걸린 각종의, 각양의 인형을 둘러본다. 간간 누드 크로키도 보인다. 그리고 보면 미술가들이 그린 그림 한 폭 한 폭이 다 그 사람이 걸어온 하나하나의 경전이 아닐까라는 생각도 슬며시 끼어든다. 어차피 난독사로서 나고 살고 죽어야 하는 것이 우리네 생이라면 그 모든 겉가지나 미사여구를 버리고 정면에서 단독으로 응시하는 것이 우리 모두의 운명일 것이다. 그러하다면 그 모든 응시는 고독이고, 흙탕물이 가라앉는 맑은 성찰의 자세여야 옳을 것이다.

그래서 그의 인형은 짙은 선글라스를 끼고 마스크를 써야 했을까. 요는 그것이 민중 미술이든 전위 예술이든 그것이 무엇이든 이렇게 근본에서 시작된 고민이 아니고서는 다 헛것이라는 것이 지금까지 눈 푸른 남자들의 성찰이었고 또 그들의 성과였다. 그래서 황 화백에게 인형은 무엇인가? 하고 물었더니 "인형은 무성(無性)이자 무간(無揀)이다. 인형은 남자, 여자라는 성별도 없고, 이거다 저거다 시비하거나 가리지 않는다. 한마디로 거짓이 없는 진실됨이다. 고로 나다"라며 껄껄 웃는다. 일생을 거짓하지 않고 살아낸다는 것은 말이 쉽지 실제로는 어려운 일이다. 인형은 한 얼굴을 하면 그 표정으로 일생을 살아내야 하니 상황에 따라 표정을 바꾸지도 못하고 싫다, 좋다 의사 표현 자체가 불가능하다. 그냥 내 표정, 내 얼굴로 다가오는 모든 일들을 대할 뿐이다. 그래서인지 사람들은 여기에서 위안을 받는다.

촛불

침묵

"인형은 거짓말하지 않는 나와 같다"라는 언사는 두고두고 곱씹어도 맞는 말 같다. 그가 고향 춘천에 내려와 지난 삼십여 년의 삶을 돌이켜보면 이는 더한 확신으로 다가온다. 춘천에 내려와 지역의 예술가들과 폭넓은 교류를 하며 미술을 하는 것, 예술을 하는 자세를 많이 응원하고 주동해왔나. 지난 1998년, 새혼을 할 때도 그냥 결혼식이 아니고 전시를 곁들어 예술가에게 예술은 일상이어야 함을 보여주기도 했다. 또한 미술계뿐만 아니라 문학, 음악, 연극 등 각양각색의 예술가들과도 폭넓게 어울려 지금은 전설이 된 카페 '오페라'의 문턱을 베고 잠든 일도 있었다.

평소 화사하니 세련된 활기를 보이는 패션과 카랑카랑 힘 있는 목소리에 비하면 생각보다는 말이 없었다. 말이 없다기보다는 허언을 하는 것에 대한 경계라고 함이 더 옳겠다. 짧은 시간의 대화이지만 정치적이거나 화려한 수사가 없이 덤덤한 대답이 이어진다. 대신 있으면 있다, 없으면 없다, 꾸밈이 없다. 무엇하나 아름답게 꾸미려는 말이 보태지지 않는다. 그러니 옆에 앉아 있던 부인 홍부자 씨가 "넘 재미없지요? 적을 게 없어 어떡해요" 하며 살짝 걱정을 할 정도이다. 그렇거나 말거나 황 화백은 활발한 웃음을 웃는다. 얼마 전 수술을 한 연유인지 조금 수척해진 것 외에는 달라진 게 없다. 요즘 몸이 안 좋으니 술을 못 해 어쩌시냐 하고 은근히 갈겼더니 "뭐 문제없다. 지금 나가서 바로 한잔하자"며 껄껄 웃으신다.

핑크 레이디

작업실

"피카소나 제백석은 80이 넘은 나이에 비로소 자신의 득의작이 나왔다고 하는데 화백님 생각은 어떠십니까?" 하고 물으니 예의 그 씨익~ 웃는 웃음을 지으며 "인형에는 한계가 있어. 인형으로 어떻게 100호 사이즈의 대작을 그리겠나. 인형은 10호나 20호가 적당하지" 한다. 인형은 인간에 가까워질 수는 있지만 결코 인간이 될 수 없다는 것을 에둘러 말한 것일까. 그렇지만, 그가 그린 인형이 눈물을 흘리면 그것을 보는 나도, 너도 다 가슴이 아프고 인형이 나팔을 불며 씩씩하게 걸어가면 그것을 보는 나도, 너도 다 활달해진다. 한결같음. 이것이 보다 자극적이고 보다 빠른 것을 추종하는 우리네 인간사에 무언가 넌지시 던지는 메시지가 있지 않을까. 바위나 달이 주는 미덕을 함께 깃춘 인형들, 바위나 달과는 다르게 어떤 표정을 짓는 인형들. 이것이 당연하게도 우리에게 보다 큰 울림을 주는 것이 아닐까. 작다고 감동의 부피까지 작은 것이 아니기 때문이다. 이제 나올 그의 대표작을 기대하는 마음으로 오월리 깊은 숲속에 자리 잡은 그의 작업실을 바라본다.

강원의 화인열전 2

그림에 붙잡힌 사람들

1판 1쇄 발행	2021년 8월 30일

지은이	최삼경
발행인	윤미소
발행처	(주)달아실출판사

책임편집	박제영
디자인	전형근
마케팅	배상휘
법률자문	김용진

주소	강원도 춘천시 춘천로 257, 2층
전화	033-241-7661
팩스	033-241-7662
이메일	dalasilmoongo@naver.com
출판등록	2016년 12월 30일 제494호

ⓒ 최삼경, 2021
ISBN 979-11-91668-12-4 03810

이 책은 춘천문화재단 후원으로 발간되었습니다.